세계교양전집 30

햄릿

윌리엄 셰익스피어 지음

홍수연 옮김

올리버

윌리엄 셰익스피어William Shakespeare

• 차례 •

등장인물

햄릿 덴마크 왕자. 작고한 햄릿 선왕과 거트루드 왕비의 아들

유령 햄릿 선왕의 혼령

거트루드 왕비. 햄릿 선왕의 아내였다가 클로디어스 현왕과 결혼

클로디어스 덴마크 현왕. 햄릿 선왕의 동생이자 햄릿의 삼촌

폴로니우스 덴마크 재상

레어티스 폴로니우스의 아들

오필리아 폴로니우스의 딸

레이날도 폴로니우스의 하인

호레이쇼 햄릿의 절친

볼티먼드, 코넬리어스, 로젠크란츠, 길던스턴, 오스릭, 신사, 궁신 덴마크 궁정 신하들

바나도, 마셀러스, 프란시스코 덴마크 근위병들

포틴브라스 노르웨이 왕자
포틴브라스 군대의 대장

덴마크에 파견된 영국 대사들
극 중 해설자 역, 왕 역, 왕비 역, 〈곤자고 살인〉에서 루치아누스 역 등을 하는
배우들

사신 두 명
선원들
파묘꾼 1, 2
사제

그 외 대신들, 시종들, 호위병들, 음악가들, 레어티스 추종자들, 병사들, 중신들

제1막

· 제1장 ·

바나도와 프란시스코, 두 근위병이 등장한다.

바나도 누구시오?

프란시스코 아니, 내가 묻는다. 거기 서서 정체를 밝혀라.

바나도 국왕 폐하 만세!

프란시스코 바나도?

바나도 나야.

프란시스코 딱 맞춰 와줬네.

바나도 이제 막 종이 열두 번 쳤네. 프란시스코, 어서 가서 자.

프란시스코 덕분에 한숨 좀 자겠어. 무진장 춥고 왠지 마음도 울적하네.

바나도 망볼 때 별일 없었지?

프란시스코 쥐새끼 한 마리 안 지나가던데, 뭐.

바나도 그래, 잘 쉬고. 호레이쇼와 마셀러스 만나걸랑 좀 서두르라고 해줘. 나랑 같이 보초 당번이거든.

프란시스코 마침 오는 것 같은데.

호레이쇼와 마셀러스가 등장한다.

거기 서! 누구냐?

호레이쇼 같은 편 동지.

마셀러스 덴마크 왕의 충신들이기도 하지.

프란시스코 그럼 보초 잘 서고.

마셀러스 잘 가게. 듬직한 친구. 그런데 누구랑 교대했어?

프란시스코 바나도랑. 그럼 수고들 해.

프란시스코가 퇴장한다.

마셀러스 어이, 바나도!

바나도 어, 거기 호레이쇼인가?

호레이쇼 그의 일부라네.

바나도 잘 왔어, 호레이쇼.

마셀러스도 어서 와.

호레이쇼 그러니까 그게 오늘 밤에도 나타났나?

바나도 아직 아무것도 못 봤어.

마셀러스 호레이쇼는 이게 그저 우리 망상일 뿐이래. 글쎄. 우리가 두 번이나 목격한 무시무시한 장면을 믿는 시늉이라도 하려 들지 않는다니까. 그래서 내가 함께 보초 서달라고 부탁했어. 다시 나오면 우리가 봤던 것을 인정하고 말도 걸어볼 수 있을 테니.

호레이쇼 거참, 나오긴 뭐가 나온다고 호들갑인가.

바나도 일단 앉아. 내 아주 그 꽉 막힌 귀를 다시 한번 뚫어보겠어.

지금부터 우리가 이틀 내리 본 걸 다시 말해줄 테니 잘 들어봐.

　호레이쇼 그래 앉아서 뭐라는 건지 좀 들어나 보지.

　바나도 바로 어젯밤, 북극성 서쪽에 뜬 저 별이 지금 반짝이는 저 하늘 주변과 마셀러스와 나를 환히 밝히던 그때, 종이 한 번 울렸지.

유령이 등장한다.

　마셀러스 쉿, 조용히 해봐! 저기 다시 나타났어.

　바나도 생긴 게 돌아가신 왕 같아.

　마셀러스 (호레이쇼에게) 아는 게 제일 많은 자네가 말 좀 걸어봐, 호레이쇼.

　바나도 선왕이랑 정말 닮지 않았어? 호레이쇼. 말 좀 붙여봐.

　호레이쇼 영락없이 닮았네. 정말이지 놀랍고도 무서워. 속을 후벼 파는 것 같구먼.

　바나도 말을 붙여줬으면 하는 것 같은데.

　마셀러스 호레이쇼, 말을 걸어봐.

　호레이쇼 대체 누구길래 오밤중에 어둠을 틈타 돌아가신 덴마크 왕이 생전에 진군하실 때처럼 당당하고 호전적인 모습으로 나타난 거냐! 하늘에 대고 정체를 밝혀라.

　마셀러스 기분 나빴나 본데.

　바나도 봐, 성큼성큼 가버리지.

　호레이쇼 거기 서라! 말해, 말하라고! 명령이다, 대답해!

유령이 퇴장한다.

마셀러스 가버렸어. 대답도 없이.

바나도 호레이쇼, 이제 어때? 오들오들 떨고 낯짝마저 창백한데. 이래도 망상이라고 고집할 거야? 그게 뭔 것 같아?

호레이쇼 내 눈으로 똑똑히 보고 확인하지 않았다면 하늘에 맹세코 절대 믿을 수 없었을 거야.

마셀러스 선왕이랑 닮지 않았어?

호레이쇼 닮았다 뿐이야! 야심 찬 노르웨이 왕을 무찌를 때 입으셨던 갑옷도 두르고 있더구먼. 일전에 담판 중 노발대발하며 얼음판 위에서 썰매를 몰고 온 폴란드 조무래기들을 내리칠 때처럼 오만상을 찌푸리고 있었어. 이게 대체 뭔 일이지?

마셀러스 그렇다니까. 전에도 두 번이나 이 야심한 밤에 불쑥 나타나서는 보초 서는 우리 옆을 성큼성큼 지나쳐 갔어.

호레이쇼 나라고 이 난제를 풀 뾰족한 답을 알고 있는 것은 아니지만, 내 생각을 대략 종합해보면 이래. 머잖아 우리나라를 뒤흔들 일생일대의 사건이 터질 거라고 예고하는 것 같네.

마셀러스 그래, 좋아. 이제 앉아서 누구 아는 사람 있으면 내게 설명 좀 해봐. 왜 밤마다 이 땅의 충복들이 이렇게 똑바로 서서 눈을 부릅뜨고 보초를 서고, 왜 낮에는 청동 대포를 만드느라 개고생을 하며, 왜 그리 딴 나라에서 군수물자는 사들이는지, 게다가 왜 조선소에서는 그 많은 일꾼을 끌어모아 주중, 주말 할 것 없이 일을 시켜대는지. 대체 뭣 때문에 밤낮 안 가리고 쉬지도 못하게 서두르라고 안달하는지. 누구 아는 사람 있어?

호레이쇼 내 알려주지. 적어도 소문은 이래. 우리의 선왕, 방금 우리 앞에 나타나신 그분 말일세. 알다시피 오만하기 이를 데 없

는 노르웨이 왕 포틴브라스가 도발하며 감히 전쟁을 일으켰지. 이
에 우리의 용맹한—우리 우방국은 다들 선왕의 용맹을 높이 샀
지—햄릿 선왕께서 포틴브라스 왕을 단칼에 처단하셨네. 또 법과
가문에 적시되어 봉인된 협약에 따라 패자의 목숨과 더불어 살아
생전 소유했다고 명시된 모든 영지를 몰수했지. 햄릿 왕도 그에 상
응하는 몫을 걸었고. 만약 포틴브라스 왕이 승리했더라면 같은 협
약에 따라 그의 유산으로 돌아갔겠지. 포틴브라스 왕 재산을 햄
릿 왕에게 넘겨야 했던 바로 그 협약의 조항에 근거해서 말이야.
그런데도 그 아들 포틴브라스는 본데없는 왕성한 패기로만 가득
차서 무슨 꿍꿍이속으로 일을 벌이려는지 그 시커먼 속을 채우기
에 딱 맞은 무법 결사대원들을 노르웨이 변방 여기저기서 닥치는
대로 끌어모으고 있어. 그 속이야 우리도 모두 알고 있듯이 뻔하
지. 무력으로 그리고 강제 조약을 동원해서라도 제 아버지가 잃었
던 문제의 땅을 우리한테 되찾겠다는 거 말고 뭐겠어. 이게 우리
가 전투태세를 갖추는 주된 동기고 이렇게 불침번을 서는 까닭이
자 온 나라가 부산을 떠는 주요 이유라고 생각해.

　　바나도 그러게. 달리 무슨 이유가 있겠어. 이 불길한 유령이 선왕
행세를 하며 우리가 빤히 지켜보는데도 무장한 채로 지나가는 건
전쟁 당사자였고 지금까지도 연관이 있기 때문 아니겠어?

　　호레이쇼 그건 마음의 눈을 따갑게 하는 먼지 한 톨과도 같아. 로
마 전성기 시절, 막강한 율리우스 카이사르가 쓰러지기 직전에 무
덤 안에 있어야 할 시체들이 수의를 두른 채 로마 거리를 어슬렁
거리며 소란을 피웠다지. 별들은 불꼬리를 달고, 이슬은 피를 머금
고, 태양계에 재앙이 잇따랐지. 바다의 신 넵튠 제국의 존립을 좌

우하는 축축한 별은 달 테두리만 남기고 종말에 다다른 것처럼 빛을 잃었어. 무시무시한 사건을 알리기라도 하듯, 운명에 앞서 나타나는 전조라도 되듯, 닥쳐올 저주의 서막인 양, 하늘과 땅이 모두 이 나라 이 백성들에게 보여주는 거지.

유령이 등장한다.

잠깐, 쉿! 저길 봐! 또 나타났어! 내 뼈가 으스러지더라도 맞서 보겠어. 멈춰라!

유령이 팔을 벌린다.

목소리든 뭔 소리든 낼 수 있다면 말해봐. 네게 위안을 주고 내게 영광을 줄 수 있는 그런 좋은 일이 있다면 입을 열어보아라. 이나라 운명에 대해 은밀히 아는 게 있어 사전에 무사히 피하게 해줄 수 있다면 귀띔해다오. 그것도 아니면 살아생전 긁어모은 보물을 땅속에 묻어놓고, 못내 아쉬워 죽어서도 이승을 맴돈다고들 하던데 어디 한번 털어놔 봐.

수탉이 운다.

멈춰, 말해! 마셀러스, 막아!
마셀러스 창으로 찌를까?
호레이쇼 안 서면 찔러.

제1막 **15**

바나도 여깄다.

호레이쇼 여기야.

유령이 퇴장한다.

마셀러스 가버렸어. 잘못한 것 같아. 상대는 왕처럼 당당했는데 우린 무턱대고 찌르기만 했으니. 게다가 꿈쩍도 하지 않는 공기 같은 존재에 대고 헛방만 날린 꼴이니, 못됐다, 못났다, 비웃어도 할 말이 없네.

바나도 뭔가 말하려던 것 같았는데 하필 수탉이 울게 뭐람.

호레이쇼 그러더니 공포의 소환 명령을 받은 죄인이라도 된 듯 굴었어. 수탉이 새벽을 알리며 목청껏 사납게 울면서 낮의 신을 깨우면 물이든 불이든 땅이든 하늘이든 어디에 있든 기괴하기 그지없는 유령은 응당 있어야 할 곳으로 급히 돌아간다고 그러던데. 좀 전에 홀연히 사라져버린 유령만 보더라도 영 근거 없는 말은 아닌가 봐.

마셀러스 그러게. 수탉이 울자마자 사라져버렸네. 구세주의 탄생을 축하하는 성탄절이 가까워지면 새벽을 알리는 수탉도 밤새 울어대서 유령 또한 감히 활보하고 다니지 못한다더라고. 성탄절 밤은 온전하고, 행성도 충돌하는 법 없고, 요정이나 마녀도 힘이 없어 마술을 못 부리고, 정말 신성하고 자비로운 시기가 바로 그 무렵이라더군.

호레이쇼 나도 들은 바 있고 심증 가는 부분도 있어. 그런데 봐, 붉은 망토를 걸친 아침이 저 높은 동쪽 언덕의 이슬을 훑으며 걸어오고 있어. 이제 보초는 그만 서고 오늘 밤 보았던 것을 햄릿 왕자님께 전하자고 제안하네만. 장담컨대 우리한테는 입도 뻥긋 않던 유령도 왕자님께는 말을 할 거야. 그게 우리의 의무와 우정에 걸맞은 것이니만큼 다들 왕자에게 알려야 한다는 것에 동의하지?

　마셀러스 그러자. 이 아침에 어디로 가면 왕자님을 편히 뵐 수 있을지 내가 잘 알고 있어.

모두 퇴장한다.

· 제2장 ·

나팔 소리, 덴마크의 클로디어스 왕과 거트루드 왕비, 햄릿,
폴로니우스와 그의 아들 레어티스, 볼티먼드, 코넬리우스를 비롯한
신하들이 등장한다.

　왕 사랑하는 형님 햄릿 왕이 돌아가셨다는 게 아직도 새록새록 뇌리에 맴돌기에 온 왕국이 이맛살을 찌푸린 채 슬픔에 젖어 있는 게 합당한 처신이겠지. 그렇지만 어느 정도 본성을 누르는 분별력을 되살려 형님을 충분히 애도하면서도 우리나라가 처한 현실을 되새겨보았소. 그래서 한때 형수였으나 이제 미망인이 되어 왕실 자산 취득권이 부여된 이 나라 왕비인 이 여성을 전시와도 같은 이 나라 국력에 보탬이 되고자 이를테면 웃지만 웃는 게 아니고, 한 눈은 행복에 한 눈은 수심에 차고, 장례에 찬가를 혼례에

만가를 부르듯, 환희와 비탄을 똑같이 저울질하면서 짐의 아내로 맞이했소. 또한 짐의 혼사 문제에 경들의 현명한 고견을 깊이 새겨 듣고 빠짐없이 반영하였소. 다들 고맙구려. 이제 우리가 모두 아는 그 이야기를 좀 해보지. 포틴브라스 그 젊은 놈이 우리의 국력을 얕잡아보았는지 아니면 형님의 서거로 우리나라가 수렁에 빠져 기강이 무너질 것으로 생각했는지, 거기다 자기가 유리하다는 망상에 빠져 제 아버지가 엄연히 명시된 법에 따라 우리 용감한 햄릿 형님에게 내준 그 영토를 도로 내놓으라면서 우리를 아주 성가시게 하고 있소. 그 녀석 얘기는 이쯤하고, 이제 여기 모인 여러분과 정사를 논하세. 우리는 포틴브라스의 삼촌인 노르웨이 왕에게 국서를 보내고자 하네. 쇠진해져서 병상에 누워만 있느라 제 조카의 의도가 뭔지 들어본 적도 없을 테니 알려주는 게 우리의 도리겠지. 조카 녀석이 사병과 군비를 끌어모으고 있는데 사병이고 군비고 왕의 백성이자 왕의 혈세에서 빼가는 것이니만큼 막아달라는 내용이 담겨 있네. 여기 있는 코넬리우스와 볼티먼드를 급파하여 노르웨이 왕에게 국서를 전달하도록 할 것이요.

너희는 여기 명시된 구체적인 조항이 허용하는 범위 내에서 역량껏 노르웨이 왕과 협상을 진행하라.

그들에게 서신을 건넨다.

몸조심하고 서둘러 가서 의무를 다하라.
코넬리우스 / 볼티먼드 충성을 다하겠습니다.
왕 너희의 충정은 전혀 의심치 않는다. 건투를 빈다.

볼티먼드와 코넬리우스가 퇴장한다.

자, 레어티스, 무슨 일인가? 청할 게 있다던데 대체 뭔가? 덴마크 왕에게 타당한 부탁이면 뭐든 거침없이 말해보게. 자네 부탁인데 못 들어줄 게 뭐가 있겠어? 머리만큼 마음에 가까운 게 또 없고, 손만큼 입에 도움이 되는 게 또 없듯이 자네 아버지만큼 이 덴마크 왕과 가까운 인물도 없다네. 그래 무슨 부탁인가?

레어티스 근엄하신 폐하, 폐하의 대관식에 참석하기 위해 기꺼이 귀국했습니다. 이제 제 소임을 다하고 나니 어느새 제 마음은 프랑스로 향하고 있습니다. 프랑스로 돌아갈 수 있도록 윤허해주십시오.

왕 아버지께 말해보았나? 폴로니우스 경의 생각은 어떤가?

폴로니우스 폐하, 자식이 그렇게 졸라대는데 자식 이기는 부모가 어디 있겠습니까. 그러니 아들이 떠나도록 허락해주시기 바랍니다.

왕 그래. 시간이 네 편일 때 마음껏 즐기거라, 레어티스. 하고 싶은 대로 최고의 시간을 보내거라. 자, 이제 햄릿, 내 조카이자 아들아.

햄릿 (방백) 친척이라기에는 가깝고, 친밀하다기에는 멀구나.

왕 어째서 아직도 네 얼굴에 구름이 드리워진 것이냐?

햄릿 아닙니다, 전하. 오히려 낮 뜨거운 햇살을 받고 있습니다.

왕비 착한 햄릿, 칙칙한 낯빛을 벗어버리고 친구처럼 다정하게 왕을 보려무나. 평생 눈을 내리깔고 한 줌 흙이 된 고귀한 아버지를 찾느라 애쓰지 마. 모든 생명은 죽어서 자연을 거쳐 영원으로 가는 게 일반적이야. 너도 알잖니.

햄릿 네, 어머니. 일반적인 현상이죠.

왕비 그렇다면 왜 그리도 네게만 유별나 보이느냐?

햄릿 보인다고요, 어머니? 보이는 게 아니라, 정말 그래요. 〈보인다〉는 게 대체 뭔가요? 제 시커먼 외투뿐만이 아니라, 검은 상복도, 차오르다 내뱉은 한숨도, 넘실대는 눈물도, 의기소침한 행동도, 슬픔을 나타내는 온갖 방식과 분위기와 모양새도 저를 진심으로 보여주지는 못해요. 그것들이야말로 정말 〈보이는〉 것들이지요. 누구든 연기할 수 있는 행동이니까요. 하지만 한낱 슬픔의 옷이나 장신구에 불과한 것들이 보여주는 것 말고, 제 안에는 진짜 감정이 있어요.

왕 햄릿, 부친상에 충분히 애도를 표하는 걸 보니 심성이 참으로 따뜻하고 훌륭하구나. 하지만 네 부친도 부친을 잃었고, 그 조부도 부친을 잃었다는 것을 알아야지. 또 남은 자식이라면 일정 기간 슬퍼하며 근신하는 게 자식 된 도리지. 하지만 밤낮으로 실의에 빠져 헤어 나오려 하지 않는 행동은 불효자나 하는 거란다. 그런 슬픔은 남자답지 못해. 하늘의 이치에도 맞지 않는 옹고집일 뿐이고, 마음이 유약하고 조급하며 이해력이 달려 단순하고 배움이 짧다는 것만 드러낼 뿐이다. 우리가 다 알고 누구라도 이해할 수 있는 흔하디흔한 세상 이치라는 걸 뻔히 알면서도 어째서 마음에 담아두지 못해 안달한단 말이냐? 거참, 이는 하늘과 망자와 자연의 뜻에도 맞지 않을뿐더러 아버지가 죽는다는 것은 상식이며, 최초에 돌아가신 아버지부터 오늘 돌아가신 아버지에 이르기까지 〈죽음은 피해 갈 수 없다〉라고 줄곧 외쳐온 이성에도 가장 반하는 것이다. 우리가 이렇게 부탁하니 이런 쓸데없는 슬픔일랑

내팽개치고 짐을 아버지로 여겨다오. 그래야 네가 왕위를 이을 직속 후계자라는 걸 세상이 알 것 아니냐. 아버지가 아들에게 품은 고귀한 사랑에 버금가는 부정으로 네게 하는 말이란다. 비텐베르크 대학으로 돌아갈 생각인가 본데 그건 우리 기대를 저버리는 것이다. 부탁이니 여기 남아 우리가 보는 가운데 우리의 격려를 받으며 편히 지내라. 일등 공신이자 조카, 아니 아들아!

왕비 네 어미의 바람을 꺾지 말아다오, 햄릿. 제발 우리와 함께 있으렴. 비텐베르크로 돌아가지 말아라.

햄릿 어머니, 말씀대로 하겠어요.

왕 참으로 정감 있고 타당한 대답이로구나. 덴마크에서 편히 지내거라. 부인 오시오. 햄릿이 우리 부탁을 순순히 들어주니 흐뭇하구려. 기쁜 날 그냥 보낼 수는 없지. 오늘 짐이 축배를 들 때 구름을 향해 축포를 발사해서 흥을 돋울 것이야. 이에 하늘도 우레 같은 소리로 화답하며 왕의 술자리를 만방에 알릴 테지. 그만 가지.

나팔 소리, 햄릿만 남고 모두 퇴장한다.

햄릿 이 더러운 살덩어리가 녹아 문드러져 한낱 이슬이 되어버렸으면. 하나님, 자살을 금하는 계명만 못 박아놓지 않으셨다면 좋았을 텐데요. 세상만사 죄다 피곤하고, 단조롭고, 부질없어! 에잇! 정원에 잡초가 자라 다시 씨를 맺는 꼴이라니. 역겹게 늘어선 것들이 정원을 그저 채우고 있구나. 결국 이렇게 될 것을. 하지만 돌아가신 지 겨우 두 달—아니 두 달도 채 안 되었는데—참으로 훌륭한 왕이셨는데. 반인반수 사티로스 같은 저 왕에 비하면 아버지는 태양신 히페리온에 견줄 만하다고. 또 얼마나 다정하셨던지, 행여 바람에도 어머니 얼굴이 쓸릴까 봐 막아주셨는데. 하늘이여 땅이여, 기억이라도 안 할 수 있다면! 사랑을 받아먹을수록 더욱 갈구하게 되기라도 하듯 아버지에게 그토록 매달리셨는데, 그래 놓고 겨우 한 달 만에—아, 더는 생각을 말자, 연약한 자여, 그대 이름은 여자로다!—니오베처럼 눈물로 뺨을 적시며 가엾은 아버지 시신을 따라갈 때 신던 신발이 채 닳기도 전에—하나님! 이성이 없다는 짐승이 차라리 그보다 오래 애도했으련만—아버지의 동생이자 내 삼촌과 결혼하다니. 나랑 헤라클레스를 비교할 수 없는 것만큼 아버지 동생이라지만 조금도 안 닮는데. 한 달이 멀다 하고 가짜 눈물의 소금기로 붉어진 눈시울이 채 원래대로 돌아오기도 전에 화촉을 올렸지. 무섭게도 빨리, 능란하게 근친상간의 잠자리로 들어서다니. 좋지 않은 일이고, 좋게 마무리될 리도 없어. 하지만 입도 뻥긋 못하는 내 신세라니, 속이 터져버릴 것만 같다.

호레이쇼, 마셀러스, 바나도가 등장한다.

호레이쇼 왕자님께 경례.

햄릿 다들 잘 있으니 보기 좋구먼.

호레이쇼? 아니, 내가 자넬 몰라보다니!

호레이쇼 네, 접니다. 한결같이 왕자님의 미천한 신하죠.

햄릿 호레이쇼 경, 내 좋은 친구. 되레 내가 기꺼이 자네 신하가 되겠네. 그런데 무슨 일로 비텐베르크에서 왔어?

마셀러스인가?

마셀러스 네, 왕자님.

햄릿 만나서 반가워. (바나도에게) 안녕한가, 경.
그런데 비텐베르크에서 귀국한 이유가 뭐랬지?

호레이쇼 무단결석이 하고 싶지 뭡니까.

햄릿 자네 원수가 내게 그렇게 이간질한다 해도 곧이듣지 않을 거야. 얼토당토않은 자아비판으로 귀만 아프게 할 테야? 그럴 사람이 아니라는 거 잘 알고 있는데. 엘시노어에 온 이유가 뭐야? 자네 떠나기 전에 술 마시는 법이나 제대로 배우다 가게.

호레이쇼 왕자님, 선왕의 장례식에 참석하려고 왔습니다.

햄릿 흥, 놀리지 말게, 동창. 내 어머니의 결혼식을 보러 온 것 같구먼.

호레이쇼 그러게요. 얼마 안 돼서 거행되긴 하더군요.

햄릿 호레이쇼, 일거양득이라네. 장례식에 구운 고기가 식기가 무섭게 결혼식 피로연에 올라왔다지. 그런 꼴 보려거든 하늘에서 원수를 만나는 게 낫지. 호레이쇼, 내 아버지…… 아버지를 본 것만 같아.

호레이쇼 어디서요?

햄릿 마음의 눈으로 보았지.

호레이쇼 저도 한 번 그분을 뵀었죠. 정말 훌륭하신 왕이셨어요.

햄릿 상남자셨지. 그에게서 전부 앗아 간대도 그와 같은 인물을 다시는 만나지 못할 거야.

호레이쇼 왕자님, 어젯밤에 선왕을 봤던 것 같습니다.

햄릿 누구를 봤다고?

호레이쇼 선왕 말입니다. 왕자님의 아버지요.

햄릿 내 아버지라고?

호레이쇼 많이 놀라셨겠지만 여기 이 친구들이 목격한 정말 경이로운 일을 전해줄 때까지 잠시 제 말에 귀 기울여주세요.

햄릿 맙소사, 어서 들려주게.

호레이쇼 마셀러스와 바나도, 이 두 젊은 용사가 이틀 밤 내리 보초를 섰다가 모두가 잠든 한밤중에 선왕을 닮은 형상과 마주쳤습니다. 머리부터 발끝까지 선왕처럼 무장한 채 묵직한 걸음으로 천천히 당당하게 그들 옆을 지나쳐 갔답니다. 긴장해서 두려움에 가득 찬 이들 눈앞을 세 번씩이나 여봐란듯이 곤봉이 닿을 만큼 가까이 지나쳐 가자, 이들은 공포에 휩싸여 온몸에 힘이 빠져 후들거리고 벙어리처럼 한마디도 못 하고 우두커니 서 있기만 했답니다. 이를 극비리에 제게 알려주었고, 셋째 날 밤 이들과 함께 저도 보초를 섰고, 이들이 말했던 것과 같은 장소 같은 시간에 같은 형태로 유령이 나타났습니다. 제가 왕자님 아버님을 아니까 드리는 말씀이지만, 이 두 손이 서로 닮았다 한들 그보다 비슷하지는 않을 거예요.

햄릿 어디서 보았지?

마셀러스 우리가 보초 섰던 망루입니다.

햄릿 말은 걸어보았나?

호레이쇼 제가 시도해보았지만, 답변은 듣지 못했습니다. 하지만 유령이 한 번 고개를 들고 다가오며 뭔가 말하려는 자세를 취하는 듯 보였어요. 하지만 하필 그때 수탉이 울자 그 소리에 당황하며 서둘러 가버려 우리 눈앞에서 사라져버렸답니다.

햄릿 정말 이상하구나.

호레이쇼 존경하는 왕자님, 제가 살아 있듯이 그것은 사실입니다. 그리고 왕자님께 이 일을 보고하는 것이 우리 의무라고 생각했습니다.

햄릿 알려줘야지. 하지만 듣고 나니 이래저래 뒤숭숭하네. 오늘 밤에도 보초 서나?

모두 네, 왕자님.

햄릿 무장했다고 했지?

모두 네, 무장했습니다.

햄릿 머리부터 발끝까지?

모두 네, 머리부터 발끝까지 무장했어요.

햄릿 그렇다면 얼굴은 못 보았겠네?

호레이쇼 아닙니다. 보았어요, 왕자님. 투구 가림막을 올리고 있어서요.

햄릿 그래? 인상 쓰고 있던가?

호레이쇼 화나 보이기보다는 슬퍼 보였습니다.

햄릿 창백하던가? 혈색이 돌던가?

호레이쇼 매우 창백하더군요.

햄릿 자네를 뚫어지게 보던가?

호레이쇼 네, 줄곧 보고 있었습니다.

햄릿 나도 거기 있었더라면.

호레이쇼 그러셨다면 정말 놀라셨을 겁니다.

햄릿 그랬을 거야. 오래 머물던가?

호레이쇼 일부터 백까지 보통 속도로 세는 동안요.

바나도 / 마셀러스 에이, 그보다는 더 오래 있었지.

호레이쇼 내 보기에는 아니야.

햄릿 수염이 희끗희끗하던가?

호레이쇼 살아생전 뵀을 때와 마찬가지로 자르르한 은색이었어요.

햄릿 나도 오늘 밤 합류하겠다. 혹시 그게 다시 올 수도 있으니.

호레이쇼 분명 나올 겁니다.

햄릿 그게 고귀한 아버지처럼 생겼다면 말을 걸어보겠어. 지옥이 열리며 내게 잠자코 있으라고 명령하더라도 말이야. 자네 모두에게 부탁하네. 지금까지 이 장면을 숨겨왔다면 계속 좀 비밀을 유지해주게. 그리고 오늘 밤 무슨 일이 일어나든지 머리로만 되새기고 입 밖에 내지는 말아주게. 나도 자네들 우정에 보답할걸세. 다들 잘 가게. 밤 11시에서 12시 사이에 망루로 가겠네.

모두 소임을 다하겠습니다.

햄릿 자네들을 향한 내 우정만큼 자네들도 그래 주게. 잘 가게.

햄릿을 제외하고 모두 퇴장한다.

무장한 아버지의 영혼이라니! 좋지 않아. 누군가 못된 짓을 한 게 아닐까. 밤이 어서 왔으면! 마음을 가다듬고 그때까지 잠자코 있자. 사악한 행동은 아무리 흙으로 파묻어버렸대도 사람들 눈에 드러나게 마련이지.

햄릿이 퇴장한다.

· 제3장 ·

레어티스와 여동생 오필리아가 입장한다.

레어티스 필요한 짐은 실었고 작별할 시간이네. 동생아, 순풍이 불어 배편이 도와준다면 잠들지 말고 네 소식 좀 전해주라.

오필리아 안 그럴까 봐서요?

레어티스 햄릿 왕자나 그의 자잘한 호의는 일시적인 기분이자 피 끓는 장난쯤으로 받아들여. 봄 한창때 제비꽃은 앞다퉈 피지만 시들기 마련이고, 달콤하나 향기가 얼마 못 가지. 한순간 눈요기고 향기일 뿐 그 이상은 아니야.

오필리아 고작 그 정도라고요?

레어티스 더는 생각하지 마. 초승달만 보더라도 달이 차오르면서 기력과 몸집만 커지는 게 아니고 마음과 영혼의 내적 영역도 확장되는 법이다. 어쩌면 그는 지금 너를 사랑하는지도 몰라. 또 어떤 티끌이나 속임수도 그의 의지의 미덕을 더럽히지는 않을 거야. 하지만 네가 간과해서는 안 되는 게 있어. 왕자라는 지위를 고려할 때 그는 순전히 그의 의지대로 할 수 있는 게 아니야. 왕자로 태어났으니. 변변찮은 사람들처럼 좋다고 덥석 혼인할 수도 없을 거야. 이 나라 전체의 안전과 안녕이 그의 선택에 달려 있기 때문이지. 그래서 그가 머리라면 머리를 받치는 몸이 하라는 대로 할 수밖에 없단다. 그러니 그가 너를 사랑한다고 말하더라도 특별한 행위와 장소에서 덴마크 사람들 대부분의 지지를 받아 본인 말을 행동으로 옮길 수 있을 때만 믿는 게 그나마 현명한 거야. 그러니 그의 노래를 너무 쉽게 믿거나 마음을 잃거나 지나친 부탁에 순결의 보물을 열게 되면 너의 명예가 얼마나 실추될지 가늠해봐. 오필리아, 사랑하는 내 동생, 조심해야 해. 너의 애정을 뒤편으로 보내 위험한 욕망의 표적에서 벗어나게 하렴. 정숙한 숙녀는 달빛에 아름다운 얼굴을 내보이는 것조차 문란하다고 여긴단다. 미덕의 화신이라도 악담의 일격을 피해 가긴 어려워. 봄에 갓 싹을 틔운 화초가 봉우리를 열어 보이기도 전에 자벌레가 야금야금 갉아 먹고, 청춘의 촉촉한 이슬을 머금은 아침에 병이 옮기 쉽단다. 그러니 경계하렴. 조심하는 것이야말로 가장 안전한 길이야. 주변에 아무것 없이도 젊음은 스스로 배반한단다.

오필리아 오빠의 좋은 교훈을 떠올리며 마음을 늘 돌아볼게요. 하지만 오빠, 나에게는 천국에 이르는 가파른 가시밭길을 보여주면서, 정작 본인은 허풍선이 탕아처럼 환락의 꽃길만 걸으며, 자신의 설교는 소홀히 여기는 그런 타락한 목사가 되지 않을 거죠?

레어티스 오, 내 걱정은 말아라.

폴로니우스가 입장한다.

작별 인사가 너무 길었구나. 아버지가 오시는군. 축복을 이미 빌어주셨지만, 또 빌어주시면 행운도 배가되겠지. 어쩌다 보니 또 한 번 인사드리게 되었구나.

폴로니우스 아직도 안 간 게냐, 레어티스. 어서 승선해라, 늑장 그만 부리고! 바람이 네가 탈 배의 돛대에 머무르며 너 오기만을 기다리고 있다. 아들아, 행운을 빈다. 그리고 자식 생각하는 마음에 몇 마디 할 테니 마음에 새겨두거라. 네 생각을 입 밖에 내지 말고 부적절한 생각을 행동으로 옮기지 말아라. 친근해 보이되 저속해 보여서는 안 된다. 네 친구로 삼을 만한지 한번 어울리고 진정한 친구다 싶으면 쇠고랑을 채워서라도 네 곁에 단단히 붙잡아 둬라. 객기부리는 철부지 풋내기들을 일일이 응수하느라 네 손바닥이 무뎌질 필요는 없다. 싸움에 말려들지 않도록 조심하되 일단 말려들었으면 상대가 네가 누군지 똑똑히 알게 해주어라. 누구 말이든 귀를 기울이되 네 말은 아껴라. 남의 질책은 수긍하되 네 비판은 보류해라. 지갑이 허용하는 한 네 취향에 돈을 아끼지 마라. 하지만 화려하게 치장하는 건 곤란하다. 요란하지 않은 귀티 나는 옷을 입어라. 옷이 사람됨을 드러낼 때가 많기 때문이다. 최고위급 프랑스 귀족들이 이 방면에서는 가장 안목이 뛰어나고 고상한 옷을 고른단다. 돈은 빌려주지도 빌리지도 마라. 돈을 빌려주면 돈도 잃고 친구도 잃으며 돈을 빌리다 보면 절약 정신이 무뎌지게 마련이다. 무엇보다 너 자신에게 진실하여라. 그러면 밤이 낮을 따르듯 다른 누구에게도 거짓될 수 없게 될 것이다. 잘 가거라. 내 축복과 더불어 잘 새겨들어라.

레어티스 겸손한 자세로 제 갈 길 가겠습니다, 아버님.

폴로니우스 지체되었구나. 어서 가거라. 하인들이 기다린다.

레어티스 오필리아, 잘 있어. 내가 했던 말 명심하고.

오필리아 내 기억 속에 자물쇠로 걸어두었으니, 열쇠는 오빠가 간직해요.

레어티스 잘 있어.

레어티스가 퇴장한다.

폴로니우스 오필리아, 오빠가 뭐라고 한 거냐?

오필리아 말씀드리기 송구하나 햄릿 왕자님에 관한 이야기였어요.

폴로니우스 그래, 잘 생각했다. 듣자니 왕자가 최근에 너와 종종 사적으로 만나고 너도 자유롭고 너그러이 그분을 뵌다더구나. 정말 그렇다면, 나한테 그렇다고 말해주는 사람들이 있어 노파심에 하는 말인데, 너는 영예를 중시하는 아버지의 딸로서 제대로 처신하는 게 아니라고 일러줘야겠다. 둘이 어떤 사이냐? 사실대로 말해라.

오필리아 왕자님은 최근 부쩍 자주 상냥하게 제게 애정을 드러내셨어요.

폴로니우스 애정이라고, 하! 위험한 상황인지 아닌지도 분간 못 하는 애송이처럼 말하는구나. 넌 〈상냥〉하다는 그것들을 믿는다는 거냐?

오필리아 아버님, 어떻게 생각해야 할지 잘 모르겠어요.

폴로니우스 좋다, 내 알려주마. 금화도 아닌 그런 상냥한 말들을 진짜 값나가는 것으로 생각하는 걸 보니 넌 철들려면 아직 멀었구나. 네 값어치를 좀 더 끌어올리지 않으면—기왕 값어치 운운했으니 내친김에 이어가자면—이 아비도 똥값 취급받게 될 거다.

오필리아 아버지, 왕자님은 격조 높은 방식으로 제 사랑을 갈구했어요.

폴로니우스 그래, 네가 말하는 그 〈방식〉이 뭔지 어디 한번 계속해봐라!

오필리아 온갖 신성한 사랑의 서약을 읊으며 표정 또한 진지했다고요, 아버지.

폴로니우스 허 참, 확실히 말해두는데 그게 바로 도요새를 잡기 위한 덫이란다. 피 끓는 시기에는 영혼도 없는 허튼 맹세를 마구 내뱉는 법. 이러한 불길은 따뜻하지는 않고 환하기만 할 뿐, 그마 저도 약속하는 순간 빛이고 열기고 모두 소멸해버린단다. 밝아 보 인다고 진짜 불이라고 생각해서는 안 돼. 이 시간 이후로 얼굴 내 보이고 쏘다니지 말아라. 만나자고 한다고 쪼르르 달려가지 말고 좀 도도하게 굴어라. 햄릿 왕자는 젊고 너보다는 자유롭게 행동할 수 있다. 오필리아, 그의 맹세를 믿어서는 안 된다. 맹세란 그럴듯 한 옷을 차려입고 성스럽고 경건한 척 다가와 네게 불경한 부탁을 하고 나쁜 길로 인도하는 포주와도 같단다. 간단히 말해 앞으로 이 아비는 네가 햄릿 왕자와 말이나 글을 주고받으며 시간을 낭비 하는 꼴을 가만히 보고만 있지는 않겠다. 명심해라, 두고 보마. 그 럼 가보거라.

오필리아 아버지 말씀을 따를게요.

모두 퇴장한다.

· **제4장** ·

햄릿, 호레이쇼, 마셀러스가 등장한다.

햄릿 밤공기가 살을 에는구나. 모질게 춥다.

호레이쇼 살점이 뜯겨나가는 것처럼 살벌하죠.

햄릿 지금 몇 시지?

호레이쇼 아직 자정은 안 된 것 같은데요.

마셀러스 아니, 방금 종 쳤어.

호레이쇼 정말? 난 못 들었는데. 그럼 유령이 어슬렁거릴 시간이
다 되었구먼.

나팔 소리와 대포 두 발이 터지는 소리가 지나간다.

왕자님, 무슨 일 났나요?

햄릿 왕이 오늘 밤 연회를 열고 잔을 채워가며 갈지자로 춤추고
있네. 그가 라인산 포도주를 한 잔씩 비울 때마다 북소리와 나팔
소리가 맞장구를 쳐주며 단숨에 마셨다고 떠벌리지.

호레이쇼 관습인가요?

햄릿 그렇지. 하지만 나도 이곳 태생이라 날 때부터 겪어왔지만,
이런 관행은 지키는 것보다 깨는 게 더 영예로울 거야. 진탕 마셔
대는 연회 때문에 우리나라는 온 사방에서 타국의 비방과 비웃음
을 사는 거야. 그들은 우리를 술고래니, 돼지니 해가며 원색적인
호칭으로 우리의 명성을 더럽히지. 정말이지 그래서 우리가 아무
리 훌륭한 업적을 이루었다 해도 성취의 골자는 온데간데없게 되
는 거야. 심각한 결함을 갖고 태어난—천성이라는 게 날 때 선택
할 수도 없으니 그들 탓이라고 할 수도 없지만—개인들도 마찬가
지야. 특정 기질이 과다해서 이성의 벽을 종종 무너뜨린다거나 특
정 습성으로 다른 사람들 눈살을 찌푸리게 하지. 이런 결함이 타

고난 것이든 불운으로 얻은 것이든 이 결함, 단 하나 때문에 이들이 아무리 덕망 있거나 뛰어난 재능을 가지고 있다 해도 남들 눈에는 타락한 인간으로 보일 뿐이야. 이 악한 기질 한 방울로 그토록 고귀한 선한 자질들이 죄다 미심쩍어 보이고 형편없는 평가를 받게 된다네.

유령이 등장한다.

호레이쇼 왕자님, 보세요. 나타났어요.

햄릿 천사와 목사님 은총을 내려 우리를 보호해주세요! 그대가 천국의 봄바람을 타고 온 선한 영혼이든 지옥 불을 뚫고 온 저주받은 악령이든, 그대의 의도가 사악하든 자비롭든, 그렇게 알 수 없는 모습으로 나타났기에 말을 걸어보겠다. 나는 그대를 〈햄릿 선왕〉, 〈왕〉, 〈아버지〉, 〈덴마크 국왕〉이라 부르겠다. 오, 대답하라! 이유를 몰라서 답답해 속 터질 지경이다. 가톨릭 장례 절차로 성인품을 받아 입관된 시신이 왜 수의를 찢었는가? 분명 우리가 엄숙하게 매장되는 것을 지켜봤는데 왜 무덤은 둔중한 대리석 관을 열어 그대를 토해냈는가? 죽은 몸에 철갑 무장을 하고 으스레한 달밤에 다시 나타나 우리의 영혼이 미치지 못한 생각들로 진저리치게 하여 공포의 밤으로 만들고 우리를 바보로 만드는 이유가 대체 뭐냔 말인가. 말하라! 왜 그런 것인지, 무엇 때문인지, 우리가 어떻게 해야 하는지.

유령이 손짓한다.

호레이쇼 유령이 왕자님과 단둘이서만 하고픈 말이라도 있다는 듯이 어디론가 가자고 손짓하네요.

마셀러스 왕자님에게 정중히 손짓하며 후미진 곳으로 안내하는 것 좀 보세요. 하지만 따라가지 마세요.

호레이쇼 절대 따라가서는 안 돼요.

햄릿 말하지 않으려 하니 따라가 보는 수밖에.

호레이쇼 왕자님, 가지 마세요.

햄릿 두려울 게 뭐가 있겠어? 내 한목숨 부지하는 것은 하나도 가치가 없어. 내 영혼도 유령과 마찬가지로 불멸일 텐데 유령이 뭐 어쩌겠어? 다시 내게 손짓하네. 난 따라가겠어.

호레이쇼 유령이 왕자님을 물살로 유혹하면 어쩌려고요? 무시무시한 절벽 꼭대기로 유인해 바다로 빠뜨리면 어쩌려고요? 또 다른 끔찍한 형상을 취해 왕자님의 이성을 빼앗아 미치게 만들 수도 있다고요. 생각해보세요. 낭떠러지란 장소가 그래요. 거기서 심연의 바다를 쳐다보고 포효하는 파도 소리를 듣다 보면 별다른 동기 없이도 절망의 늪으로 빨려 들어가게 된다는 거 아닙니까.

햄릿 아직도 내게 손짓하고 있어.

그래 가시오. 뒤따라가겠소.

마셀러스 왕자님, 가서는 안 돼요.

햄릿을 만류한다.

햄릿 이 손 놔라.

호레이쇼 말 좀 들으세요. 왕자님, 가시면 안 됩니다.

햄릿 내 운명의 외침 소리에 내 몸 안의 보잘것없던 근육들이 니미아 사자의 힘줄처럼 단단해지고 있어. 유령이 아직도 나를 부르고 있어. 이봐, 이 손 놓게. 하늘에 맹세코 내 앞을 가로막는 자는 유령으로 만들어버릴 테다. 이만 물러들 나게. (유령에게) 앞장서면 뒤따라가겠다.

유령과 햄릿이 퇴장한다.

호레이쇼 왕자님이 환영 때문에 절박해졌어.
마셀러스 따라가 보자. 물러나란다고 가만히 복종하는 건 아닌 것 같아.
호레이쇼 그래. 무슨 일 때문에 이러는 걸까?
마셀러스 덴마크에 뭔가 구린내가 나.
호레이쇼 하늘이 바로잡겠지.
마셀러스 아니, 우리가 따라가자.

모두 퇴장한다.

· 제5장 ·

유령과 햄릿이 등장한다.

햄릿 나를 어디까지 끌고 가는 거냐? 말하라. 더는 가지 않겠다.

유령 내가 하는 말 잘 듣게.

햄릿 알겠다.

유령 이제 유황불이 이글거리는 곳으로 내 몸을 맡길 때가 다 되었다.

햄릿 아, 가엾은 유령이로다!

유령 동정은 거두고, 내가 이제 하려는 말을 진지하게 들어라.

햄릿 말해라. 들을 준비가 되었다.

유령 듣고 나면 복수를 다짐할 것이다.

햄릿 뭐라고?

유령 나는 네 아버지의 영혼이다. 한동안 밤에는 이승에서 배회하다가 낮에는 살아생전 지은 죄를 다 태우고 정화될 때까지 연옥의 불구덩이에 갇혀야 하는 운명이다. 연옥의 비밀을 발설하는 것을 금지하지만 않았더라도 내가 전달하는 가장 가벼운 경험담만으로도 네 영혼은 잘게 부서지고 네 끓는 피는 얼어붙고, 네 두 눈동자는 궤도를 이탈한 별처럼 튀어나오고, 가지런히 하나로 묶은 머리는 흩어져 겁에 질린 고슴도치의 가시처럼 한 올 한 올 곤두서게 될 것이다. 하지만 이 영원한 불구덩이는 피와 살을 가진 산 사람의 귀에 전해져서는 안 된다. 들어라, 제발 잘 들어다오! 네 아버지를 정말 사랑했다면.

햄릿 아, 하나님!

유령 파렴치한 살인의 원수를 갚아다오.

햄릿 살인이라고?

유령 살인이야 당연히 끔찍한 범죄지만, 이번 살인이야말로 가장 끔찍하고, 기괴하고, 극악무도했다.

햄릿 어서 말해주시오. 순식간에 사랑에 빠져들어 온통 그 생각에서 헤어 나오지 못하는 것처럼 한시바삐 복수에 몰두할 수 있게.

유령 너라면 그럴 줄 알았다. 망각의 레테 강변에 마구 뿌리를 내린 무성한 잡초보다 둔하지 않고서야 이 말을 듣고 가만히 있지만은 않겠지. 햄릿, 잘 들어라. 내가 왕실 정원에서 자다가 뱀에 물려 죽었다는 말을 전해 들었겠지. 덴마크 백성들은 하나같이 이런 날조된 사인에 속아 넘어갔다. 하지만 귀한 아들, 너는 알아두어라. 네 아버지의 목숨을 앗아 간 독사 같은 자가 지금 왕관을 차지했다.

햄릿 어쩐지 뭔가 있다 싶더라니. 역시 삼촌이었어!

유령 그렇다. 근친상간에, 간음을 저지른 짐승 같은 네 삼촌, 그자가 세 치 혀를 놀리고 선물 공세를 퍼부으며 왕비를 유혹했다. 능란한 말재주와 선물 공세의 위력이 얼마나 대단한지 내 순결해 보이던 아내가 그의 정욕에 그만 무릎을 꿇고 말았다. 오 햄릿, 어떻게 그렇게까지 추락한단 말이냐! 나는 왕비를 그토록 존중하고 사랑해서 손을 맞잡고 혼인 서약까지 했건만, 나와는 비교도 안 되는 비열하기 그지없는 악마 같은 놈에게 가버리다니! 하지만 순결이라는 게 음탕함이 천국의 모습으로 구애한대도 동요하지 않듯이 욕정이 빛나는 천사와 결혼해 천상의 침대에서 몸을 뒹굴어봤자 결국 쓰레기 더미를 전전할 것이다. 이런, 부드러운 아침 공기가 느껴지는구나. 빨리 말을 마쳐야겠다. 그날 오후, 여느 때와 다름없이 정원에서 낮잠을 자는데, 네 삼촌이 사리풀 독액이 담긴 약병을 가지고 몰래 기어들어 와 나병을 일으키는 그 증류액을 내 귀에 부어 넣었다. 그 독은 사람의 피와는 상극이라 수은처럼 빠르게 퍼져 정맥과 동맥을 통과하면서 우유에 식초를 떨어뜨릴 때 그것처럼 맑고 건강한 피를 엉겨 붙게 했지. 맹독의 효과가 직방으로 나타나며 내 부드러운 피부는 온통 보기 흉한 부스럼과 습진으로 뒤덮였다. 그러니까 나는 자다가 난데없이 동생 손에 생명도, 왕관도, 아내도 한꺼번에 빼앗겼고, 내 죄가 만개했을 때 꺾인 터라 영성체도 못 받고, 고해성사도 못 하고, 종부성사도 못 받고 내 모든 결함을 머리에 인 채 심판대로 보내졌다. 아, 끔찍하고, 끔찍하다. 이보다 끔찍할 수는 없다! 네게 아버지에 대한 효심이 아직 남아 있다면 참지 마라. 덴마크 왕의 침상이 현란한 욕정의 잠자리로 더럽혀져서는 안 된다. 하지만 아무리 복수를 강행하려 하더라도, 네 마음을 더럽히거나 어머니를 단죄하려는 마음을 품어서는 안 된다. 어머니는 하늘의 뜻에 맡기고, 양심의 가책에 찔리게 내버려 두어라. 이제 헤어져야겠구나. 반딧불이가 빛을 잃어가는 걸 보니 아침이 가까워진 모양이다. 잘 있어라, 잘 있어. 날 기억해다오.

유령이 퇴장한다.

햄릿 하늘이여! 땅이여! 또 뭐가 있지? 지옥과도 연합해야 할까? 에잇! 심장아, 견뎌라, 견뎌. 너, 근육도 갑자기 축 늘어지지 말고 나를 꼿꼿이 지탱해다오. 당신을 기억하라고요? 아, 불쌍한 유령이여, 이 산만한 머리통 한구석에라도 기억이 자리 잡고 있는 한 그러겠어요. 당신을 기억하라고요? 네, 내 기억의 공책에 그동안 기록한 모든 자질구레한 추억의 기록들, 양서의 격언들, 어린 시절의 모든 영상과 감흥은 싹 다 지워버릴 거예요. 그래서 다른 하찮은 것들과 섞이지 않게 당신의 명령만 내 머릿속 기억의 공책에 남아 있게 할 거예요. 그래요, 하늘에 단죄를 맡길게요! 배반의 여자 같으니! 아, 악당 중 악당, 웃음 짓는 파렴치한 악당이라니! 내 공책이 어디 있지? 확실히 적어둬야겠어. 웃고 또 웃어도 여전히 악당이라는 것을. 적어도 이 덴마크에서는 웃으면서도 악당이 되는 게 가능하지.

햄릿이 쓴다.

삼촌, 그래 당신, 여기 똑똑히 써두었다. 이제부터 내 좌우명은 〈잘 있어라, 잘 있어. 날 기억해다오〉다. 난 그러겠노라고 맹세했다.

호레이쇼와 마셀러스가 등장한다.

호레이쇼 왕자님, 왕자님!

마셀러스 햄릿 왕자님!

호레이쇼 하나님, 왕자님을 지켜주세요!

햄릿 그리하소서.

마셀러스 휘이, 휘이. 왕자님!

햄릿 휘이, 휘이. 친구들! 여기야 여기!

마셀러스 왕자님, 어떻게 된 거예요?

호레이쇼 대체 무슨 일이에요?

햄릿 와, 놀랄 만한 일이야!

호레이쇼 말씀해주세요.

햄릿 아니, 너희가 발설할 거야.

호레이쇼 하늘에 맹세코 전 안 그럴 거예요.

마셀러스 저도 안 그럴 겁니다.

햄릿 그러면 너희들이 뭐라고 할까? 마음이 있는 사람이라면 어디 생각이나 했을까? 하지만 비밀을 지킬 거지?

호레이쇼 / 마셀러스 네, 하늘에 대고 맹세해요.

햄릿 덴마크에 사는 악당치고 극악무도하지 않은 악당은 없네.

호레이쇼 유령이 우리에게 그런 말이나 해주려고 무덤에서 나올 필요는 없을 것 같네요.

햄릿 그래, 맞아, 자네 말이 맞지. 그래서 더는 돌려 말하지 않고, 이쯤에서 그냥 악수하고 헤어지는 게 맞을 것 같네. 자네도 볼일이 있고, 하고 싶은 게 있는 것 같으니—누구나 볼일과 하고 싶은 게 있게 마련이니까—별 볼 일 없는 나는 기도나 하러 가야겠어.

호레이쇼 왕자님, 무슨 말씀인지 도무지 종잡을 수 없네요.

햄릿 기분 상했다면 진심으로 미안하네. 정말, 진심으로.

호레이쇼 기분 상할 것까지야.

햄릿 성 패트릭에 맹세코 기분 상할 법하네, 호레이쇼. 여기서 본 그 환영은 정직한 유령이라는 걸 말해두지. 우리 사이에 무슨 일이 있는지 알고 싶겠지만 가능하면 그 궁금증을 억눌러주게. 좋은 내 친구들, 자네들은 친구이자 학자이자 군인이니 내 보잘것없는 부탁 하나 들어주게.

호레이쇼 무슨 부탁인데요? 말씀하세요.

햄릿 오늘 밤 봤던 것을 절대 알리지 말게.

호레이쇼 / 마셀러스 왕자님, 안 그럴 겁니다.

햄릿 아니, 맹세하게.

호레이쇼 진심으로 발설하지 않을게요.

마셀러스 저도 진심으로 발설하지 않겠습니다.

햄릿 내 칼에 대고 맹세하게.

마셀러스 왕자님, 우리는 이미 맹세했습니다.

햄릿 칼에 대고 분명하게.

유령 (무대 아래서 외친다) 맹세하라.

햄릿 하, 하, 맙소사, 그대가 그리 말한 건가요? 정직한 친구, 그 아래 있소? 다들 지하에서 저리 부탁하는데 들어주게나. 맹세하는 데 동의하게.

호레이쇼 왕자님이 그럼 맹세를 제안하세요.

햄릿 오늘 밤에 본 것을 절대 발설하지 않겠다. 내 칼에 손을 얹고 맹세하게.

유령 (무대 아래서) 맹세하라.

햄릿 동에 번쩍, 서에 번쩍이군. 그럼 우리가 이동하는 수밖에. 다들 여기로 오게. 다시 한번 칼에 대고 맹세하게. 오늘 밤에 본 것을 절대 발설하지 않겠다.

유령 (무대 아래서) 칼에 대고 맹세하라.

햄릿 전적으로 옳은 말이야, 늙은 두더지. 어떻게 그렇게 땅속에서 쏜살같이 이동할 수 있지? 대단한 개척자로군! 친구들, 다시 한번 자리를 옮기지.

호레이쇼 오, 끝없이 쫓아오는군, 정말 기이한 일이야.

햄릿 그러니 기인을 만났다고 생각하고 반겨주게. 이 하늘과 땅에는 자네 철학으로는 꿈도 꾸지 못할 많은 일이 벌어진다네. 이제 다들 이리 와서 조금 전에 맹세했던 것처럼 내게 자비를 베풀어주게. 내가 아무리 이상하고 기이한 행동을 하든―아마 어쩌면 지금부터 괴상한 기질을 보여줘야 할 필요가 있다고 생각되면 그럴 걸세―그럴 때 나를 보더라도 팔짱을 끼거나, 고개를 끄덕이거나, 〈음, 우린 다 알지〉, 〈우리가 하려고 들면 말할 수 있지〉, 〈말하기로 작정한다면야〉, 〈말할 만한 사람도 있지〉와 같은 의심스러운 말들을 내뱉는다거나, 내가 왜 그러는지 알 것 같다는 애매모호한 표정을 짓지 않겠다고 맹세해주게. 그러면 자네들이 가장 필요한 순간 은총과 자비의 도움을 받을 걸세.

유령 (무대 아래서) 맹세하라.

햄릿 심란한 영혼이여! 이제 좀 쉬거나.

친구들, 우정을 잔뜩 담아 자네들에게 고마움을 표하네. 그리고 이 별 볼 일 없는 햄릿이 할 수 있는 것이라고는 사랑과 우정을 자네들에게 신의 뜻으로 부족함 없이 표하는 것일 거야. 함께 들어가지. 부탁인데 손가락을 입에 꼭 대고 함구해주게.

모든 게 어긋난 채로 시간이 가고 있어. 아, 저주받은 내 운명. 난 그걸 바로잡으라고 태어났구나!

자, 함께 들어가지.

모두 퇴장한다.

제2막

· 제1장 ·

폴로니우스가 하인 레이날도와 입장한다.

폴로니우스 레이날도, 돈과 편지를 아들한테 전달해주게.

레이날도 그러겠습니다. 주인님.

폴로니우스 레이날도, 아들을 만나기 전에 어쩌고 다니는지 아들이 눈치 못 채게 기민하게 한번 알아보게.

레이날도 저도 그러려고 했습니다.

폴로니우스 좋아, 잘했네. 잘했어. 그런데, 먼저 파리에 있는 덴마크 사람들이 어떤 사람들인지, 어떻게 살고, 신분이 어떤지, 수입은 어느 정도고, 사는 곳은 어디고, 누구랑 친하고, 씀씀이는 어느 정도인지 좀 알아보게. 가볍게 이런저런 질문들을 주고받다가 우연히 상대방이 아들을 안다고 하면 그때 본론으로 들어가는 게 처음부터 대놓고 아들에 관해 꼬치꼬치 묻는 것보다 솔직한 정보를 더 많이 얻을 수 있을 거야. 아들을 건너 건너 알고 있다고 해봐. 가령 〈그의 아버지와 그의 친구들과 친분이 있어 나도 그를 조금은 아는데〉라고 하든가. 레이날도, 내 말 무슨 말인지 알겠나?

레이날도 네, 잘 알아들었습니다.

폴로니우스 〈그를 조금 알아요. 잘은 모르고요〉라고 하는 거야. 〈내가 아는 사람이 맞는다면, 그는 거칠고, 이런저런 것에 빠져 있다던데요〉 그러면서 자네가 붙이고 싶은 죄목을 슬쩍 아들에게 덮어씌우는 거지. 음, 그렇다고 지나치게 불명예스러운 죄목은 곤란하네. 그 점을 주의하게. 친구들도 그렇고 대부분 젊고 자유분방한 사내들이 그렇듯이 바람기가 있다거나, 거칠고, 고삐 풀린 것 같다거나 하는 정도가 적당하네.

레이날도 노름 같은 거 말이죠, 주인님?

폴로니우스 그래, 아니면 음주, 칼싸움, 욕설, 쌈박질, 계집질까지도 괜찮아.

레이날도 그런 건 아드님 이름에 먹칠하는 것 같은데요.

폴로니우스 아니야, 자네가 어떻게 요리하느냐에 따라 다르지. 양념을 너무 뿌려대서 아들이 난데없이 호색한이라는 식의 소문에 휩싸이게 해서는 곤란해. 그건 내 본의와는 달라. 그러지 말고 아들의 결점을 드러내되 그런 결점이 그저 젊은이들의 흔한 자유분방함의 흔적이고, 불같은 열정의 섬광과 폭발이며, 물불 안 가리는 끓는 피의 저돌성처럼 보이게 잘 요리해보라는 거지.

레이날도 하지만, 주인님.

폴로니우스 대체 왜 이렇게까지 하느냐는 거지?

레이날도 네, 이유 좀 알 수 있을까요.

폴로니우스 좋아, 내 작전을 알려주지. 나는 이게 기발한 전략이라고 생각하네. 자네가 내 아들이 성인이 되어가는 과정에서 약간 흠집이 생겼다는 정도로 가볍게 흥보면서 대화 상대를 슬쩍 보게. 아들이 진짜 자네가 모략한 그런 비행을 저지르고 다니는 것을 보았다는 확신이 서면 그 상대는 자신이 자주 쓰는 표현이나 출신 성분과 배경에 따라 〈경〉 아니면 〈친구〉 아니면 〈신사〉라면서 자네 말에 맞장구를 치겠지.

레이날도 멋진 작전인데요, 주인님.

폴로니우스 그리고 나서, 경, 그가 이렇게 하고, 그가 하고, 내가 무슨 말을 하려고 했더라? 뒤죽박죽이네. 내가 무슨 말을 하려던 참이었는데. 어디까지 했더라?

레이날도 〈친구〉 아니면 〈신사〉라면서 〈맞장구를 치겠지〉에서 끊겼어요.

폴로니우스 〈맞장구를 치겠지〉에서, 그래, 맞아. 상대는 이런 식으로 반응할 거야. 〈나도 그 신사분 아는데. 어제도 봤어요〉라든가 〈그저께〉 아니면 〈언젠가〉, 〈당신 말마따나 노름하고 있던데요〉라든가 〈고주망태가 되었더라고요〉라든가 〈정구 치다가 싸움에 말려들었어요〉라든가 어쩌면 〈뭘 파는 집으로 들어가는 것을 봤어요〉, 이를테면 사창가나 뭐 그런 곳을 말이야. 그런 식으로 자네의 작은 거짓말을 미끼 삼아 진실이라는 잉어를 낚아 올리는 거라네. 따라서 우리 같은 사람들은 간접적인 방식으로 목적을 알아내고 무거운 진실을 낚아 올리고 편견을 걸러내면서 지혜와 지식을 얻는 거지. 그러니 내가 좀 전에 얘기한 조언대로 내 아들을 잘 살펴주게. 알아듣겠나, 못 알아듣겠나?

레이날도 잘 알겠어요.

폴로니우스 하나님이 함께하길. 잘 다녀오게.

레이날도 네, 주인님.

폴로니우스 자네 눈으로도 아들 마음이 어디를 향하고 있는지 좀 잘 관찰해주게.

  레이날도 그러겠습니다.

  폴로니우스 그리고 본인이 연주하려는 대로 놔두게.

  레이날도 네, 주인님.

  폴로니우스 잘 가게.

레이날도가 퇴장한다.

오필리아가 입장한다.

오필리아, 이 시간에 어쩐 일이냐?

  오필리아 아버지, 아버지, 깜짝 놀랐어요.

  폴로니우스 대체 무슨 일인데?

  오필리아 아버지, 제 방에서 바느질하고 있는데 햄릿 왕자님이 상의 단추도 안 채우고, 모자도 안 쓰고, 더러운 양말을 발목까지 늘어뜨린 채로, 마치 공포의 소식을 전하기 위해 지옥에서 풀려난 것처럼 가련한 눈빛으로 안색은 백지장처럼 창백하고, 무릎끼리 부딪칠 정도로 다리를 후들거리며 들어왔어요.

  폴로니우스 너를 사랑하다 미친 거냐?

  오필리아 모르겠어요. 하지만 정말로 그런 거면 어쩌죠?

  폴로니우스 왕자가 뭐라는데?

  오필리아 제 손목을 잡고 꼭 쥐더니 팔을 뻗으며 뒷걸음질했고 다른 손은 자신의 이마에 대고 제 얼굴을 그려보려고 하는 것처럼 빤히 쳐다보았어요. 그렇게 한동안 가만히 서 있다가 제 팔을 부드럽게 흔들며 고개를 위아래로 세 번이나 끄덕이더니 한숨을 쉬었는데 얼마나 쓸쓸하게 한숨을 쉬는지 온몸이 부서져 내리며 생명이 꺼져가는 것만 같았어요. 그러고 나서 저를 놓아주더니 앞을 보지도 않고 어깨너머로 저만 빤히 바라보며 문밖으로 걸어 나갔어요.

폴로니우스 나와 함께 가자꾸나. 폐하를 알현해야겠다. 분명히 사랑에 미친 거야. 우리 심성을 괴롭히는 하늘 아래 여느 감정들이 종종 그렇듯이 사랑 역시 그 광기에 사로잡히면 자신을 파괴하고 극단적인 행동을 저지르는 지경에 이를 수 있지. 안타깝구나. 그런데 왕자에게 최근에 상처 주는 심한 말을 한 적이 있느냐?

오필리아 아니요, 아버지. 하지만 아버지 말씀대로 편지들을 돌려보냈고 보러 오신다는 것을 거절했어요.

폴로니우스 그래서 왕자가 제정신이 아닌 모양이다. 좀 더 세심하게 왕자를 살펴보지 못한 내 불찰이다. 난 왕자가 너를 노리개처럼 가지고 놀다가 네 평판만 나빠질까 봐 그저 걱정되었을 뿐이었는데. 무턱대고 의심만 한 게 안타깝구나. 젊은이들은 종종 아무런 생각 없이 행동해서 문제고 우리 같은 노친네들은 평소에 생각이 너무 많은 게 탈이지. 어서 궁으로 갈 채비를 해라. 전하께 이를 반드시 알려야 한다. 왕자의 사랑 얘기를 꺼내 미움을 사는 편이 낫지, 괜히 비밀에 부쳤다가 나중에 더 큰 화를 부를 수 있지. 가자.

모두 퇴장한다.

• 제2장 •

나팔 소리, 왕, 왕비, 로젠크란츠, 길던스턴, 수행원들이 입장한다.

왕 어서 오게. 로젠크란츠, 길던스턴. 만나서 반갑네만 그보다 급히 자네들 도움이 필요해 불렀다네. 자네들은 햄릿 왕자가 최근에 변신했다는 걸 들어보았나? 변신이 딱 맞는 단어군. 왕자는 예전과는 완전히 변해 딴사람이 되었으니 말이네. 제 아비가 하직한 것 말고는 당최 어쩌다 그렇게 변해버린 건지 전혀 감이 안 오네. 자네 둘 다 왕자와 어린 시절을 함께 보냈고 다른 누구보다 그를 잘 알고 있으니 여기 궁에 한동안 머물러 있어주게. 햄릿과 시간을 보내면서 삶의 활력을 다시 북돋아주고 내가 모르는 그를 괴롭히는 이유가 있다면 말해주게. 그래야 우리가 고칠 수 있을 게 아닌가.

왕비 햄릿이 자네들 얘기를 자주 했어. 자네들 둘보다 햄릿과 더 가까운 사람은 여기에는 없을 거라 확신하네. 한동안 우리와 여기 머물며 우리를 도와주는 친절을 베푼다면 폐하가 기억하시고 그에 합당한 보상을 자네들에게 내리실 거야.

로젠크란츠 이 나라 최고의 권력자께서 어찌 저희에게 청하십니까? 명령을 내려주시면 분부대로 따르겠습니다.

길던스턴 저희 두 사람은 명령에 따르겠습니다. 그리고 이 자리에서 머리를 조아리며 폐하 명령에 복종할 것입니다.

왕 고맙네, 로젠크란츠와 길던스턴.

왕비 고맙소, 길던스턴과 로젠크란츠. 변해도 너무 변한 내 아들을 한시바삐 찾아가 만나보게나.

지금 바로 너희 중 누가 이분들을 햄릿 왕자가 있는 곳으로 안내하여라.

길던스턴 하나님이 보우하사 경들의 노력이 왕자님의 활기를 되찾는 데 도움이 되기를 바라마지않습니다.

왕비 아, 아멘!

로젠크란츠, 길던스턴이 수행원 일부와 퇴장한다.
폴로니우스가 입장한다.

폴로니우스 폐하, 노르웨이로 간 사신들이 가벼운 발걸음으로 돌아왔다 합니다.

왕 경은 늘 희소식을 전해주시는구려.

폴로니우스 그리 말씀해주시니 황송하옵니다. 저는 제 영혼만큼이나 제 의무를 중요시하고 하나님과 은혜로운 폐하께 제 영혼을 바쳐 의무를 다할 것입니다. 그리고 예전만큼 제 촉이 살아 있어서 돌아가는 상황을 제대로 짚은 거라면, 햄릿 왕자님이 실성하신 원인을 알아낸 듯싶습니다.

왕 오, 말하게! 어서 듣고 싶네.

폴로니우스 우선 대사를 불러들이시지요. 제 소식은 대사들이 준비한 만찬에 곁들인 후식이 될 것입니다.

왕 그럼 경이 직접 가서 그들을 맞이하고 불러들이시오.

폴로니우스가 퇴장한다.

사랑하는 거트루드, 폴로니우스가 당신 아들이 실성한 근본 원인을 알아냈다는구려.

왕비 아버지가 돌아가시고 우리가 너무 서둘러 결혼한 것 외에 달리 화근이 될 만한 게 과연 있을까요?

왕 글쎄. 자세히 알아봐야지.

폴로니우스가 대사 볼티먼드, 코넬리우스와 함께 입장한다.

(볼티먼드와 코넬리우스에게) 환영하네, 내 사람들! 그래 볼티먼드, 형제국 노르웨이에서 무슨 소식을 들고 왔나?

볼티먼드 가장 바라는 소식을 들고 왔습니다. 노르웨이 왕께 고하자마자 왕께선 조카의 모병을 중단하라고 사람을 보냈습니다. 노르웨이 왕께서는 처음에는 조카가 폴란드 공격을 준비하기 위해 징집한 줄로만 알고 계셨는데 자세히 들여다보시더니 우리 국왕 폐하를 향한 공격이라는 것을 아시고는 바로 조처를 하셨습니다. 병들고 나이 들고 무능해서 생긴 일이라며 슬퍼하시고는 사람들을 보내 포틴브라스를 잡아들였습니다. 그는 노르웨이 왕의 꾸짖음을 듣고 나서 명령대로 다시는 폐하에 대항하여 군대를 소집하지 않겠다고 순순히 맹세했습니다. 이에 노르웨이 왕이 흐뭇해하시며 조카에게 연금 삼천 크라운을 하사하겠다고 했고, 사전에 징집한 군대로 폴란드를 치도록 허락하셨습니다. 그리고 폐하께 간청하는 내용이 여기 담겨 있는데, (서신을 건네며) 폴란드로 쳐들어가기 위한 군대가 덴마크 영토를 통과해 갈 수 있도록 길을 내주십사 부탁하셨습니다. 안전 보장과 허가에 관한 상세한 내용은 여기 적힌 대로입니다.

　왕　음, 과연 좋은 소식이로군. 나중에 따로 조용한 시간에 서신을 읽고, 내용을 곰곰이 따져보고 답신하겠네. 이리 일을 잘 처리해주어 고맙네. 그만 가서 쉬게. 오늘 밤 연회를 준비할 테니 함께 즐기지. 무사히 잘 귀국했소.

　　　　볼티먼드와 코넬리우스가 퇴장한다.

　폴로니우스　일이 잘 마무리되어서 다행입니다. 폐하, 그리고 왕비마마, 군자의 권위와 의무가 무엇인지를 하나하나 설명하려고 낮은 왜 낮이고, 밤은 밤이며, 시간은 시간인지를 들먹이는 것은 낮, 밤, 시간 낭비에 불과합니다. 따라서 간결함이 지혜의 본질이지, 장황함은 곁가지와 겉치장이기에 요점만 말씀드리겠습니다. 마마의 고귀한 아드님은 실성하셨습니다. 제가 〈실성〉이라고 했는데, 실성을 정의하기 위해 실성을 실성이라고 말하는 것 외에 별수 있겠습니까? 그렇게 넘어가는 수밖에요.

　왕비　말재주는 그만 부리고 본론으로 들어가시죠.

　폴로니우스　마마, 맹세코 말재주 부린 게 아닙니다. 왕자님이 실성했다는 것은 사실입니다. 사실이고, 측은하고, 사실이라는 게 측은하죠. 말하고 보니 바보 같네요. 말재주는 부리지 않겠다고 했으니 거두절미하고 본론으로 들어가겠습니다. 왕자님이 실성했다는 데 동의하신다면 이제는 이런 작용의 원인을 찾아내야겠죠. 실성이라는 게 원인에 의해 발생한 부작용이니 작용보다는 부작용의 원인이라고 하는 편이 낫겠네요. 아무튼 원인을 밝히는 것만 남았습니다. 그 남은 일을 제가 지금부터 말씀드릴 테니 잘 들어 보시기를 바랍니다. 소신에게는 딸자식이 하나 있는데—품 안에 있는 동안만 제 자식이죠—부모에 순종하고 자식 된 도리를 다하는 애라, 보세요, 제게 이것을 주었답니다. 이제 잘 들어보시고 짐작해보십시오.

편지를 읽는다.

〈천상의 모습을 한 나의 영혼의 우상, 가장 아름답게 된 오필리아.〉

〈아름답게 된〉이라니, 표현이 서툴군요. 어휘력이 형편없어요. 하지만 계속 읽겠습니다.

편지를 계속 읽는다.

〈눈부시게 하얀 가슴에 이것들을……〉

왕비 이게 햄릿이 오필리아에게 쓴 편지라고요?

폴로니우스 마마, 잠시 기다려주세요. 여기 쓰인 대로 읽을 테니까요.

편지를 읽는다.

〈별이 뜨겁다는 것을 의심하고.
　태양이 돈다는 것을 의심하고,

진실이 거짓부렁이가 아닐까 의심할지도 몰라.

하지만 내 사랑은 의심하지 말아줘.

오, 사랑스러운 오필리아. 난 이런 시를 쓰는 데는 서툴러. 내 감정을 단어로 옮겨놓는 기술이 없어. 하지만 제발 당신을 가장, 가장 사랑한다는 것을 믿어줘. 믿어줘, 안녕.

내 생명 장치가 나에게 붙어 있는 한, 당신은 세상 누구보다 사랑스러운 나의 여인이야, 햄릿.〉

제 딸이 제게 순순히 이 편지와 다른 편지들을 보여주며, 왕자님이 언제, 어디서, 어떻게 구애했는지 소상히 말해주었답니다.

왕 그래서 자네 딸이 사랑을 받아주었나?

폴로니우스 폐하는 저를 어떻게 생각하십니까?

왕 자네야 충실하고 영예로운 사람이지.

폴로니우스 저는 제가 그렇다는 것을 기꺼이 증명해 보일 것입니다. 하지만 부모인 제가 이런 뜨거운 애정관계를 알았을 때—제 딸이 말하기 전부터 눈치채고 있었다는 것을 폐하께 말씀드려야겠습니다만—알고도 마치 책상이나 책이라도 되듯 가만있거나, 내 눈과 입과 귀를 닫아버리거나, 아니면 이들의 사랑을 슬쩍 보면서 못 본 척해주는 게 맞을까요? 그랬더라면 폐하나 여기 계신 왕비 마마께서는 저를 어떻게 생각하셨을까요? 그렇습니다. 저는 뭔가 해야 했고, 그래서 딸에게 〈햄릿 왕자님은 이 나라 왕자로서 범접할 수 없는 분이시다. 그러니 이 관계는 안 될 말이야〉라고 말했어요. 그런 다음 저는 딸이 지켜야 할 일들을 소상히 말해주었습니다. 왕자님을 직접 뵙지 말고, 심부름꾼도 들이지 말고, 사랑의 징표도 받지 말라고요. 효심 가득한 딸은 제 조언을 받아들였어요. 그리고 왕자님은, 간단히 말해서, 이렇게 거절당하자 슬픔에 빠진 것입니다. 그러다 식음을 전폐하고, 잠 못 이루고, 그러니 쇠약해지고, 어지러워지다가 점점 정신이 혼미해지더니 결국 우리 모두 애석하게 여기는 실성하는 지경까지 온 거죠.

왕 (왕비에게) 당신도 햄릿의 이상 행동의 원인이 실연 때문이라 생각하오?

왕비 어쩌면요. 그럴 소지가 다분해요.

폴로니우스 제가 명확히 〈이것은 이렇다〉라고 자신 있게 말했을 때 그렇지 않은 거로 드러난 적이—있었다면 저도 알고 싶네요—있던가요?

왕 내가 아는 한은 없었지.

폴로니우스 제가 틀리면 (자신의 머리와 어깨를 가리키며) 여기를 치세요. 정황을 살펴보면서 진실이 어디 숨어 있든, 아무리 땅속 깊이 숨겨져 있더라도 찾아낼 것입니다.

왕 어떻게 방법이 있겠소?

폴로니우스 다들 아시다시피 왕자님은 가끔 여기 복도를 네 시간 정도 배회하십니다.

왕비 정말 그래요.

폴로니우스 그가 배회하는 동안 제가 딸을 보내 그를 만나보게 하겠습니다. (왕에게) 폐하와 저는 휘장 뒤에 숨어서 둘이 만나는 것을 지켜보는 겁니다. 왕자님이 제 딸을 사랑하지 않고, 사랑의 실연으로 미친 게 아니라면 저는 정사에서 그만 손 떼고 시골로 낙향해야겠죠.

왕 한번 해보지.

햄릿이 책을 읽으며 입장한다.

왕비 보세요. 책을 읽으며 슬픈 표정으로 들어오고 있어요.

폴로니우스 부탁드리는데 두 분께서는 피해주시지요. 제가 말을 걸어보겠습니다. 제게 맡기시고 가 계세요.

왕과 왕비가 수행원들과 퇴장한다.

햄릿 왕자님, 안녕하신가요?

햄릿 좋아요, 고맙소.

폴로니우스 왕자님, 제가 누구인지 알아보시겠어요?

햄릿 물론이죠. 생선 장수잖소.

폴로니우스 왕자님, 아닙니다.

햄릿 그럼 생선 장수처럼 정직한 사람이라면 좋겠소.

폴로니우스 정직한 사람요?

햄릿 그래요, 솔직히 세상에 정직한 사람은 만에 하나밖에 안 될 거요.

폴로니우스 정말 그렇습니다. 왕자님.

햄릿 햇살이 죽은 개와 키스하고 나서 그 썩은 개가 구더기를 낳는 걸 보니……

딸 있소?

폴로니우스 네, 있습니다.

햄릿 그럼 햇살에 딸을 내보내지 말아요. 임신은 축복이라지만 딸이 임신하면 어쩌겠소, 친구, 잘 살펴봐요.

폴로니우스 (방백) 뭔 소리가 하고 싶은 거야? 그래도 여전히 내 딸 타령이로구면. 하지만 처음에는 나를 알아보지 못하고 생선 장수로 착각한 것 같았는데. 맛이 갔네, 너무 갔어. 하지만 나도 소싯적 사랑에 푹 빠져서는 햄릿 왕자와 별반 다르지 않게 한참 가슴 앓이했지. 다시 말을 걸어봐야겠어.

(햄릿에게) 왕자님, 무슨 책을 읽고 계시는가요?

햄릿 말, 말, 말.

폴로니우스 쟁점이 뭔가요, 왕자님?

햄릿 누구랑 싸워요?

폴로니우스 제 말씀은, 읽고 계신 책이 다루는 쟁점이요.

햄릿 비방으로 가득하다오. 냉소적인 불한당 같은 작가가 여기 이렇게 말하고 있소. 노인네들은 수염이 허옇고, 얼굴은 쭈글쭈글하고, 눈에서는 자두나무 수액같이 누르스름한 눈곱이 끼어 있고, 재치도 없고, 다리는 후들거린다고 합니다. 이 모든 내용에 누구보다 공감하긴 하나 그렇다고 이런 식으로 쓰는 게 옳은 태도인가 싶소. 그대가 게처럼 뒷걸음질할 수 있다면 그대도 나만큼 나이 들 게 아니겠소.

폴로니우스 (방백) 미치긴 했지만 뭔가 아귀가 딱딱 들어맞아. (햄릿에게) 왕자님, 바람이 부니 안으로 들어가실까요?

햄릿 무덤 안으로?

폴로니우스 사실 거기도 바람 안 부는 안은 안이네요.

(방백) 한마디를 하더라도 중의적 의미를 품고 있다니까! 저런 게 바로 실성한 사람들 답변에서만 찾아볼 수 있는 말의 묘미지. 이성적이고 맑은 정신으로 보면 말도 안 되는 말을 이들은 묘하게

들어맞게 한다니까. 이제 나는 물러나고 딸과 왕자가 서로 우연히 마주치도록 손 좀 써야겠어.

(햄릿에게) 왕자님, 이만 자리를 떠도 되겠습니까?

햄릿 물론이오, 경과 함께하는 자리보다 내 더 기꺼이 포기하고 싶은 건 없소…….

아, 목숨, 내 목숨 빼고.

폴로니우스 안녕히 계십시오.

햄릿 (방백) 지루하기 짝이 없는 늙은 멍청이 같으니!

로젠크란츠와 길던스턴이 등장한다.

폴로니우스 햄릿 왕자님을 뵈러 왔나 보군. 저기 계시네.

로젠크란츠 살펴 가세요.

폴로니우스가 퇴장한다.

길던스턴 고귀하신 왕자님!

로젠크란츠 소중하신 왕자님!

햄릿 내 오랜 벗이로군! 잘 지냈나, 길던스턴? 로젠크란츠, 내 친구, 둘 다 어떻게 지냈나?

로젠크란츠 보통 사람들과 다름없이 지냅니다.

길던스턴 지나치게 행복하지는 않다는 점에서 행복하죠. 운명의 여신이 쓴 모자 꼭대기 단추에 앉아 있는 그런 행운아는 아닙니다.

햄릿 그렇다고 운명의 여신의 신발 밑창에 있는 건 아니지?

로젠크란츠 둘 다 아닙니다, 왕자님.

햄릿 그렇다면 여신의 호의도 어중간한 허리 언저리에 매달려 지내나 보군.

길던스턴 사실, 은밀한 곳에 가깝죠.

햄릿 여신의 은밀한 부위에 산다고? 그래, 맞아, 여신이 헤프게 몸을 내주는 여자니. 그래, 무슨 일인가?

로젠크란츠 별일 없습니다. 왕자님, 세상이 더욱 정직해지고 있다는 것 빼면요.

햄릿 그렇다면 종말이 다가오나 보군. 하지만 자네가 전달한 소식은 사실이 아니네. 한 가지만 묻지. 자네들이 뭔 짓을 했길래 운명의 여신이 자네들을 이곳 감옥으로 보냈는가?

길던스턴 감옥이라고요?

햄릿 덴마크는 감옥이야.

로젠크란츠 그렇다면 세상 어디나 다 감옥이죠.

햄릿 많은 감방과 지하 감방이 있는 거대한 감옥이지. 그중에서도 덴마크가 최악의 감옥이라네.

로젠크란츠 우리는 그리 생각하지 않습니다.

햄릿 그럼 자네들한테는 아닌가 보지. 애당초 좋거나 나쁜 게 따로 있는 게 아니라 어떻게 생각하느냐에 따라 그렇게 보이는 것이니. 내게는 덴마크가 감옥이야.

로젠크란츠 그렇다면 여기를 감옥으로 만든 것은 왕자님의 야심입니다. 큰 뜻을 펼치기에는 너무 좁은 탓이겠지요.

햄릿 난 호두 껍데기에 갇혀도 나 자신을 무한 공간의 왕으로 여길 수 있다네. 나쁜 꿈을 품은 게 아니라면.

길덴스턴 꿈이라는 게 바로 야심인 거죠. 야심을 품은 자의 본질이라는 게 꿈의 그림자에 불과하니까요.

햄릿 꿈 자체가 그림자라네.

로젠크란츠 정말 그렇습니다. 야심의 본질이 너무 가볍고 공허해서 그림자의 그림자라고 말하고 싶네요.

햄릿 그렇다면 야심 없는 거지야말로 알맹이가 있겠구먼. 야심찬 왕과 영웅들은 이런 거지의 그림자에 불과하고 말이네. 궁 안으로 들어가겠나? 더는 논리적으로 생각하기 힘들구먼.

로젠크란츠 / 길덴스턴 우리가 모시겠습니다.

햄릿 절대 안 되지. 난 자네들을 내 신하처럼 대하지 않겠네. 솔직히 터놓네만 나는 끔찍한 시중을 받고 있네. 하지만, 이제 내 친구로서 묻겠네만 엘시노어로 돌아온 이유가 뭔가?

로젠크란츠 왕자님을 뵈러 왔죠. 다른 일은 없답니다.

햄릿 내가 거지라서 감사에도 서툴고, 감사치레를 한들 반 푼어치도 안 되겠지만, 그래도 고맙네, 친구들. 그런데 누가 부탁해서 온 게 아닌가? 정말 순전히 자발적인 의지로 온 건가? 자, 자, 솔직하게들 말하게. 자, 자, 말해보시게.

길덴스턴 왕자님, 뭐라 말씀드려야 할지요.

햄릿 내 질문에 답이 되는 거라면 무슨 말이든 좋네. 누가 보내서 왔구먼. 얼굴에 그렇다고 다 쓰여 있네. 단정한 사람이라 속마음을 숨기는 거짓말쟁이가 되기는 글렀구먼. 왕과 왕비 마마가 그대들을 불러들인 걸로 아네만.

로젠크란츠 무슨 목적으로 그러셨겠어요?

햄릿 그거야 자네들이 내게 말해줘야지. 하지만 대답하기에 앞서 우선 우리의 오랜 우정과 함께한 어린 시절의 추억과 서로에 대한 깊은 의리와 이 밖에도 자네들 마음을 움직일 더 좋은 제안이 있다면 그것들도 함께 떠올려보게. 자, 이제 자네들이 보내서 온 것인지 솔직하고 정확하게 대답해주게.

로젠크란츠 (길던스턴에게) 뭐라고 해야 하지?

햄릿 (방백) 내 자네들이 어떻게 나오나 지켜보지.

(로젠크란츠와 길던스턴에게) 자네들이 나를 생각한다면 솔직히 말해주게.

길던스턴 왕자님, 우리는 명령을 받고 왔습니다.

햄릿 내가 자네들을 불러들인 이유를 한번 말해보지. 내가 예상한 걸 말하면 굳이 자네들이 밝힐 필요도 없고, 그러면 왕과 왕비 마마에게 약속한 비밀 유지 조약을 지킬 수도 있을 테니. 최근에 나는 나도 모르게 재미있는 게 하나도 없고, 꼼짝하고 싶지도 않고, 너무도 우울해서 이 훌륭한 틀을 갖춘 지구가 나에게는 불모지인 것만 같네. 저 아름다운 차양막, 저 높이 당당히 펼쳐진 창공, 황금 불빛으로 찬란하게 장식된 장엄한 지붕인 저 하늘을 보게나. 그런데 왜 내게는 더럽고 병균이 득실대는 증기로 가득 찬 것처럼 보일까? 신의 피조물 인간은 또 어떻고! 행동은 천사 같고, 이해력은 신에 필적하지. 세상의 아름다움을 갖춘 데다 동물들에게는 본보기가 되지. 하지만 내게 인간이란 한 줌 먼지 외에 아무것도 아닌 것 같네. 사람들을 보면 하나도 즐겁지 않아. 그건 여자들도 마찬가지지. 웃는 걸 보니 반박하고 싶나 보군.

로젠크란츠 반박할 생각은 추호도 없었습니다.

햄릿 그런데 내가 사람들을 보면 하나도 즐겁지 않다고 했을 때 왜 웃었지?

로젠크란츠 왕자님, 사람들을 보면 하나도 즐겁지 않다고 하니 지금 오고 있는 배우들이 얼마나 푸대접받을지 생각해서 웃은 겁니다. 여기로 오는 길에 유랑 극단을 만났습니다. 왕자님 기분을 풀어주려고 초청한 모양이더군요.

햄릿 왕 역할을 맡은 배우를 특히 환영할 거야. 진짜 왕처럼 대우해주지. 모험을 즐기는 기사라면 칼과 방패를 사용하게 하겠네. 연인의 탄식이 아무런 소득 없이 울려 퍼지게 하진 않겠어. 입담 좋은 남자라면 마음 놓고 할 말은 끝내게 할 테고, 광대는 좌중을 배꼽 빠지게 웃기겠지. 그리고 여인은 본심을 기탄없이 말할 걸세. 그렇지 않다면 그냥 연기를 관두라고 하겠네. 그런데 무슨 극단이라고?

로젠크란츠 왕자님이 한때 무척 좋아하던 극단입니다. 도시에서 온 비극 배우들이요.

햄릿 그런데 왜 유랑을 하지? 도시에 상주했다면 명성도 얻고 돈도 꽤 벌었을 텐데.

로젠크란츠 최근 연극계에 불어닥친 변화의 바람 때문에 상주하기 어려워진 듯싶습니다.

햄릿 내가 도시에 있었을 때 인기를 끌었던 만큼은 아닌가 보지? 여전히 관객몰이하고 있나?

로젠크란츠 아니요, 사실 그때만큼 많지 않아요.

햄릿 어쩌다 그렇게 됐지? 실력이 녹슬었나?

로젠크란츠 아니요, 한결같이 연습에 매진하고 있죠. 하지만 이제는 아동 배우들과 경쟁해야만 하죠. 매 새끼 같은 배우들이 가늘고 높은 소리로 읊조리면 우레와 같은 박수갈채가 뒤따릅니다. 이 아동 배우들이 현재 대세이고 이들 대본에서 〈대중 무대〉를―그 애들이 그렇게 부르는데―어찌나 욕해대는지 대중 무대를 드나들던 검을 찬 신사들도 본인들에 대해 뭐라고 써댈지 두려워 발길을 끊고 있답니다.

햄릿 뭐? 진짜 어린애들이라고? 그럼 어린 배우들은 누가 돌보지? 아이들은 어떻게 후원하고? 변성기가 오기 전까지만 배우 활동하는 건가? 그들도 자라서 성인 배우가 된다면―더 나은 밥벌이가 없다면 필시 그렇게 되겠지만―연기를 계속해 나가야 할 텐데 극작가가 밥줄을 일찌감치 끊어놓았다며 나중에는 불평하지 않겠어?

로젠크란츠 사실 작가와 배우들 간에 많은 설전이 오갔고, 온 나라가 아무 거리낌 없이 이들을 진흙탕 싸움으로 몰고 갔습니다. 한동안 작가와 배우가 이 문제로 주먹질까지 오가지 않으면 돈벌이가 끊길 정도였습니다.

햄릿 그런 일이 가당하기나 한가?

길던스턴 한참 동안 이 문제로 서로 골치를 앓았죠.

햄릿 사내아이들 측이 이겼나?

로젠크란츠 네, 그들이 이겼어요. 헤라클레스와 그가 짊어진 짐이 버티던 글로브 극장까지 전부 아동 배우 차지가 되었죠.

햄릿 뭐, 딱히 이상하지도 않지. 부친이 살아계실 적에는 삼촌을 흉보던 사람들도 삼촌이 덴마크 국왕이 되니 왕의 초상화라도 한 점 걸어두려는지 스무 냥, 마흔 냥, 쉰 냥, 백 냥을 덥석덥석 내는 지경이니. 참 내, 세상이 어떻게 돌아가고 있는 건지. 철학의 힘으로 어디서부터 잘못된 건지 알아낼 수 있겠나.

배우들의 도착을 알리는 나팔 소리

길던스턴 배우들이 도착했어요.

햄릿 신사분들, 엘시노어에 온 걸 환영하네. 손을 내밀 차례네. 환영하는 방식도 유행과 격식을 따라야 하는 법. 이렇게 손을 잡아 격식을 따르게 해주게. 내 자네에게 말하네만 겉으로 보기에는 공평해야만 하네. 배우들에 대한 내 환대가 자네들보다도 흥겨운 것처럼 보여서는 안 될 테니. 환영하네. 하지만 내 삼촌이자 아버지와 숙모이자 어머니는 깜빡 속으셨지.

길던스턴 어째서요, 왕자님?

햄릿 나는 북북서풍이 불 때만 정신이 오락가락한다네. 바람이 남쪽에서 불어오면 똥인지 된장인지 정확하게 구분한다네.

폴로니우스가 등장한다.

폴로니우스 여러분, 모두 안녕하시오?

햄릿 이제 잘 듣게, 길던스턴, 그리고 자네 로젠크란츠도. 둘 다 집중해서 잘 듣게. (폴로니우스를 가리키며) 자네들이 지금 보고 있는 저기 저 커다란 아기가 아직 기저귀를 못 뗐다네.

로젠크란츠 노인들은 애 같다고들 하더니 다시 아기로 돌아간 모양이군요.

햄릿 (로젠크란츠와 길던스턴에게) 분명 나한테 배우들이 올 거라고 전하러 올걸세. 잘 보게. (폴로니우스에게) 경이 옳았소. 월요일 아침이지요, 정말 그렇소.

폴로니우스 왕자님, 소식을 전하러 왔습니다.

햄릿 경, 나도 전해줄 소식이 있소. 로스키우스가 로마에서 배우였던 시절에…….

폴로니우스 배우들이 도착했습니다.

햄릿 와와.

폴로니우스 제 명예를 걸고.

햄릿 그때 배우마다 노새를 타고 왔노라.

폴로니우스 왕자님, 이들은 세상에서 가장 훌륭한 배우입니다. 비극과 희극, 역사극과 전원극, 전원 희극, 역사 전원극, 역사 비극, 역사 전원 희비극은 물론, 단막극, 시극까지 두루 섭렵한 배우들이죠. 이들을 거치면 세네카의 비극도 너무 무겁지 않고 플라우투스의 희극도 너무 가볍지 않습니다. 극작법을 그대로 따른 극이든 각색한 극이든 뭐든 소화해내는 유일한 배우들입니다.

햄릿 오 입다, 이스라엘의 대사사여, 그대는 어찌 이리 값진 보물을 가졌소!

폴로니우스 입다가 무슨 보물을 가지고 있었나요?

햄릿 그렇소. (노래한다)

〈하나뿐인 어여쁜 딸

그 누구보다 끔찍이 사랑했네.〉

폴로니우스 (방백) 여전히 내 딸 타령이군!

햄릿 입다 영감, 내 말이 틀렸나요?

폴로니우스 왕자님, 저를 입다라고 부르신다면, 제게도 애지중지하는 딸이 하나 있습니다.

햄릿 아니, 그렇게 이어지는 게 아니지.

폴로니우스 그럼 어떻게 이어집니까?

햄릿 음,

⟨운명 따라 신명 따라,⟩

그다음은 아시다시피,

⟨결국 사달이 났지, 그럴 것 같더니만.⟩

그 성가곡 첫 소절을 보면 감이 잡힐 테니 난 이쯤에서 멈춰야겠소. 다들 온 것 같으니.

배우들이 등장한다.

햄릿 환영하네, 모두 어서 오게. 다들 잘 지내는 것 같아 보기 좋구먼. 잘 왔네, 친구들, 아 자네는 그때 그 친구로구먼. 마지막으로 본 후로 얼굴에 변화가 생겼구먼. 내 수염과 비교해보려고 덴마크까지 왔나? 아니, 어린 내 애인도 왔네. 아가씨 역을 맡더니 지난번 봤을 때보다 키가 하늘에 한 뼘 더 가까워졌군. 구두 굽 덕분이겠지? 폐기된 금화처럼 고음에서 목소리가 갈라지지 않게 해달라고 기도해주겠네. 단원들 모두 환영하네. 뭐라도 좀 보여주지 않겠나. 보이는 사냥감이 있으면 곧장 매를 날려 보내는 프랑스 매부리처럼 우리도 까다롭지 않다네. 자, 자네 실력을 맛보게 해주게. 열정적인 대사로 부탁하네.

배우 1 왕자님, 어떤 대사요?

햄릿 자네가 일전에 내게 한 대목 낭송해줬었지. 하지만 그 극은 공연되지 않았어. 공연되었더라도 초연에서 그쳤겠지. 내 기억으로는 만인이 즐길 그런 연극은 아니었어. 대중에게 철갑상어알 같은 음식이라고나 할까. 하지만─내가 보기에도 그렇고, 이해력과 판단력이 나보다 뛰어난 사람들이 보았을 때도─뛰어난 극이었고, 장마다 짜임새도 좋았고 기교 부리기보다는 절제된 표현을 구사하더군. 누군가 그 극이 맛깔나는 양념도 넣지 않고, 아는 척하는 난해한 표현도 구사하지 않아서 오히려 정직한─달콤함 대신 건강함이 묻어나고, 세련미보다는 자연미 넘치는─극이었다고 했던 게 기억나네. 극 중에서 내가 제일 좋아하던 대목이 있었지. 아이네아스가 디도 여왕에게 들려준 대사인데 특히 프리아모스 왕의 살해에 관한 부분이 생생히 기억나네. 자네도 그 대목이 기억난다면 그 구절, 가만있자…….

〈매몰찬 피루스, 히르카니아 숲의 날짐승처럼〉

아니, 그게 아니지. 피루스 이야기부터지.

〈매몰찬 피루스, 불길한 목마 안에서 웅크리고 있을 때 입고 있던 갑옷은

그의 꿍꿍이만큼이나 시커멓기에 칠흑 같은 밤을 닮았더니만,

이제 그의 무시무시하고 어두컴컴한 안색이

더욱 음울한 문장으로 더럽혀졌네. 머리부터 발끝까지

무수한 아버지, 어머니, 딸, 아들의 피로

끔찍하게 범벅이 되었고,

왕의 참혹한 학살 현장을 적나라하게 비추는

불타는 거리에서 피범벅은 빠짝 말라갔지.

분노와 불길에 달궈져 딱딱해진 피딱지를 덕지덕지 붙이고
눈은 루비같이 벌게져서 지옥 사자를 방불케 하는 피루스가
노왕 프리아모스를 수소문하네.〉
자, 거기서부터 계속해보지.

폴로니우스 왕자님, 낭독의 달인이시군요. 억양도 의미 전달도 모두 좋습니다.

배우 1 〈곧 그는 그리스군에 속절없이 밀리고만 있는 프리아모스를 찾아냈지.
잡아본 지 한참 된, 들고 있기조차 힘든 그의 칼은
공격하라는 그의 명령에 반하며 손에서 툭 떨어져 맥없이 잠들어버렸네.
피루스는 적수가 안 되는 프리아모스를 몰아붙이며
분노에 못 이긴 나머지 칼을 너무 세차게 휘둘렀지.
하지만 그의 칼이 떨어지며 낸 허공을 가르는 바람 소리에
가슴 졸인 노왕은 주저앉고 말았네. 그러자 무감각하던 일리움,
트로이도 운명의 일격을 감지했는지 난데없이 불타는 첨탑이
바닥으로 무너져 내리면서 무시무시한 굉음이 울려 퍼졌고
죄수 피루스의 귀는 얼얼해졌네. 노왕 프리아모스의 백발 머리 위로
떨어지던 칼날은 마치 허공에 붙어버린 것만 같았어.
그리하여 피로스는 그림 속의 폭군인 양
의지를 실행으로 옮기려다 말고 그 자리에 서서 꼼짝도 하지 않았지.
하지만 폭우가 몰아칠 때 갑자기 하늘이 조용하고,

구름은 멈춰서고, 돌풍은 잠잠하고, 대지는 죽은 듯이 침묵하다
가도

곧바로 요란한 천둥소리에 대기가 갈라지는 것을

우리는 종종 목격하지. 그렇듯 잠시 동작을 멈춘 피루스도

복수심을 다시 불사르며 프리아모스를 향해

하던 동작을 마무리하지. 키클롭스가 영원히 뚫리지 않을

전쟁의 신 아레스의 갑옷을 만들기 위해

쇠망치를 사정없이 내리칠 때보다도 무시무시하게 피루스는

피 묻은 칼을 잔인하게 프리아모스 위로 내리치네.

가, 가버려, 운명의 여신, 이 창녀야! 모든 제신은

총회를 열어 그녀의 능력을 빼앗고,

운명의 수레바퀴의 바퀴살과 축대를 다 깨부수고,

둥근 테는 천국의 언덕에서 지옥으로 굴려 떨어뜨리소서.〉

폴로니우스 이 대목은 너무 기네요.

햄릿 이발사한테 가서 경의 수염 자르는 김에 그 대목도 잘라달
라고 하시지요.

계속해보게. 이분은 웃긴 춤이나 야한 장면이 안 나오면 존다네.
자, 이어가세. 헤카베 왕비가 등장할 차례네.

배우 1 〈하지만 누가, 아, 누가 머리를 싸맨 왕비를 보았는가?〉

햄릿 〈머리를 싸맨 왕비〉라고?

폴로니우스 〈머리를 싸맨 왕비〉라, 표현 좋은데요.

배우 1 〈잡힐지도 모른다는 두려움에

얼마 전까지도 왕관을 썼던 머리를 천 조각으로 싸매고,

자식 낳느라 볼품없어진 음부를 로브 대신 담요로 감싸며,

눈물 바람으로 불길을 가르며 맨발로 오르락내리락 분주하구나.
왕비가 이러고 있는 모습을 본 누군들
운명의 여신의 장난질이라고 분노하며 독설을 내뱉지 않겠는가.
신들도 보고 있었더라면 피루스가 악의에 가득 차
그녀 남편의 사지를 난도질하는 것을
그녀가 보고 경악하며 내지르는 비명에
불타오르는 천상의 별들도 뜨거운 눈물을 흘리고
신들의 마음에도―인간사에 눈 하나 깜짝하지 않는 신들이 아
닌 다음에야―격노가 일지 않을 수 없었을 것일세.〉

폴로니우스 얼굴이 창백해지고 눈에 눈물 고인 것 좀 보세요. 이
보게, 제발 그만하게.

햄릿 훌륭하구먼, 내 나머지는 조만간 관람하겠네. 경은 배우들
이 쉴 곳을 마련해주겠소? 듣고 있소? 이들은 시대를 압축해놓은
시대의 산증인들이니 잘 대접해주시오. 차라리 사후에 나쁜 묘비
명을 얻고 말지, 살아생전 저들의 악담을 들으면 무척이나 피곤할
거라오.

폴로니우스 네, 그들 분수에 맞게 대접하겠습니다.

햄릿 이런, 훨씬 더 잘해주시오! 그대가 모든 사람을 그들 분수
대로 대접했다면 어떤 사람이 그대의 채찍을 피해 갔겠소? 저들
을 잘 대접하여 경의 명예와 품위를 높여보시게. 분수에 못 미치
는 사람을 잘 대접할수록 경의 너그러움이 더욱 돋보일 테니. 저
들을 안으로 들이시오.

폴로니우스 나와 함께 가지.

햄릿 그를 따라들 가시오. 내일 공연을 보겠소.

(배우 1에게) 옛 친구, 자넨 나 좀 보지. 〈곤자고의 살해〉를 공연해 줄 수 있겠나?

배우 1 네, 왕자님.

햄릿 내일 밤에 부탁하네. 내가 봐서 대사를 12줄에서 16줄 정도 써서 극본에 끼워 넣으려고 하는데 외울 수 있겠나?

배우 1 네, 왕자님.

햄릿 훌륭하군, 이제 저 신사분을 따라가되 놀리고 싶어도 참게.

폴로니우스와 배우들이 퇴장한다.

(로젠크란츠와 길던스턴에게) 친구들, 내일 밤에 다시 보지. 엘시노어에 잘 왔네.

로젠크란츠 네, 왕자님.

햄릿 그래, 잘 가게.

로젠크란츠와 길던스턴이 퇴장한다.

이제 나 혼자로구나. 오, 나라는 인간은 얼마나 모자라고 천한 불한당 같은 녀석이란 말인가! 저 배우는 단지 허구의 각본 속에서, 격노가 이는 꿈속에서, 자신을 등장인물이라 세뇌하여 얼굴은 온통 창백해지고, 눈에는 눈물이 그득하고, 초점은 흐려지고, 목소리는 갈라지고, 일거수일투족을 자신이 분한 인물과 맞춰가는데. 자신의 모든 것을 존재하지도 않은 인물,

헤카베를 위해 바치는데!

대체 헤카베가 그에게 어떤 의미였기에, 그가 헤카베에게 어떤 존재였길래 그녀를 위해 눈물을 흘리난 말인가! 내가 가슴에 품고 있는 분노의 동기나 이유가 있었더라면 그는 어찌 행동했을까? 그러면 무대를 눈물로 적시고 관객의 귀청이 찢어지도록 성난 감정을 쏟아내겠지. 그리하여 죄지은 사람은 미치게 하고, 죄 없는 사람은 경악하게 하고, 몰랐던 사람은 혼돈에 빠뜨리며 관객의 눈과 귀를 경이롭게 하겠지. 그에 반해 둔하고 흐리멍덩한 문제아에다가 몽상가처럼 넋 놓고 있는 나는 명분이 있어도 없는 척, 왕관과 생명을 빼앗긴 부친을 위해 끽소리도 못하는구나. 나야말로 겁쟁이 아닌가? 누가 일어나 나더러 〈악당〉이라 하나? 누가 내 뺨을 후려치고, 내 턱수염을 뽑아내 얼굴에 훅 날리고, 내 코를 잡아 비틀고, 나를 새빨간 거짓말쟁이라고 하는가? 대체 누가? 기절초풍할 노릇이지만 그저 감내하는 수밖에. 난 간이 콩알만 하고 쓸개 빠진 녀석이라 밟혀도 쓰디쓴 줄 모르니까. 아니면 일찌감치 저 무뢰한의 내장으로 솔개 떼를 포식하게 했겠지. 피에 젖은 야비한 악당 같으니! 잔혹하고, 기만적이고, 음탕하고, 무자비한 악당!

그래, 복수! 그런데 나는 왜 이다지도 한심한가. 기껏 용기 낸 게 고작 이거라니! 사랑하는 아버지가 살해되어 천당과 지옥을 오가며 아들에게 복수하라고 이르건만, 창녀처럼 말로만 떠벌리고 악담이나 퍼붓는 수준이라니! 망할! 정말 싫다! 하! 자, 머리라는 걸 좀 써보자! 흠, 죄인들은 연극을 보다가 뭔가 엇비슷한 장면이 나오면 너무 감정이입을 한 나머지 자신의 죄를 실토한다고 들었어. 비록 살해는 혀가 달린 게 아니지만, 기적처럼 실토할 다른 방법을 찾아내기 마련이지. 나는 배우들에게 삼촌 앞에서 아버지의 살해를 연상시킬 만한 공연을 하도록 부탁했으니 공연하는 내내 삼촌을 지켜보고 그의 내심을 꿰뚫어 보겠다. 그가 움찔한다면 다음에 내가 뭘 해야 할지 알겠지. 어쩌면 내가 보았던 유령이 악령이었는지도 몰라. 악령은 친숙한 모습으로 탈바꿈해 나타날 힘을 지녔다지. 어쩌면 심신이 지치고 우울한 틈을 타 그런 기운을 빨아들여 나를 가지고 놀다가 지옥에 떨굴지도 모르지. 그러니 좀 더 확실한 근거가 필요해. 연극이 바로 왕의 양심을 드러내는 데 사용할 유용한 도구가 될 거야.

햄릿이 퇴장한다.

제3막

· 제1장 ·

왕과 왕비, 폴로니우스, 오필리아, 로젠크란츠, 길던스턴이 입장한다.

왕 자네들은 햄릿과 얘기해보았는데도 하루하루 있는 듯 없는 듯 조용히 지내던 애가 하루아침에 거칠고 위험한 광기 어린 행동을 보이며 혼란스러워하는지 그 이유를 전혀 알아내지 못했단 말인가?

로젠크란츠 왕자님께서도 다소 미친 것 같은 기분이 든다고 인정했지만, 무엇 때문에 그러는지는 함구하십니다.

길던스턴 진짜 심리 상태가 어떤지 알아내고자 이런저런 시도를 해보았지만 미친 척하면서 우리 질문을 피해버립니다.

왕비 자네들을 잘 대해주던가?

로젠크란츠 네, 점잖게 대해주셨습니다.

길던스턴 하지만 마지못해 예의를 차리는 것 같기도 했습니다.

로젠크란츠 저희한테 많은 것을 묻지는 않았지만, 저희 질문에는 거리낌 없이 답해주셨습니다.

왕비 하고 싶은 게 있으면 같이하자고도 권해보았는가?

로젠크란츠 마마, 마침 여기로 오는 길에 어떤 극단을 마주쳤습니다. 그걸 왕자님께 말씀드렸더니 얼굴에 화색이 도는 것 같았습니다. 극단은 지금 궁 인근에 머물고 있고 왕자님이 오늘 공연하도록 지시한 것으로 보입니다.

폴로니우스 사실입니다. 함께 관람할 수 있게 두 분을 모시고 와 줄 수 있냐고 제게 간청하셨습니다.

왕 기꺼이 그러겠소. 왕자의 마음을 잡아끄는 게 있다는 말을 들으니 흐뭇하구려. 경들은 이 분위기를 몰아가서 왕자가 그런 즐길 거리에 빠져들 수 있도록 힘써주게.

로젠크란츠 그리하겠습니다.

로젠크란츠와 길던스턴이 퇴장한다.

왕 거트루드, 당신도 이제 그만 가주시구려. 우리는 햄릿을 은밀히 불러내어 오는 길에 이곳에서 오필리아와 우연히 만나도록 해놓았소. 그 애 아비와 나는 합법적인 염탐꾼으로서 몸을 숨기고 둘의 만남을 지켜볼 것이오. 햄릿의 반응을 살피면서 과연 그가 고통스러워하는 원인이 사랑 때문인지 아닌지 차분히 따져보기로 했소.

왕비 네, 그렇게 하죠.

그리고 오필리아, 햄릿이 거칠어진 원인이 네 미모 탓이면 정말 좋겠구나. 그래서 네가 다시 따뜻하게 그를 받아주어 그가 다시 원래대로 돌아오고 너희 둘도 잘 맺어지면 좋겠어.

오필리아 마마, 저도 원하는 바입니다.

왕비가 퇴장한다.

폴로니우스 오필리아, 여기를 거닐어라.

폐하, 황송하오나 같이 숨으시지요.

오필리아, 여기 혼자 있는 게 어색해 보이지 않게 이 성서를 보고 있거라. 물론 이런 척하는 행동은 비난받아 마땅하긴 하지. 헌신적인 표정과 경건한 몸짓으로 악한 속마음을 그럴듯하게 포장한다는 게 자주 드러나니까.

왕 (방백) 아, 정말이지 뼈를 때리는 말이구나! 묘하게 내 양심을 후려치는 것 같구나! 창녀가 얼굴에 분을 덕지덕지 발라도 추하듯이 그럴듯한 말솜씨로 내 행동을 감춰봤자 추악함을 감출 수 없지. 마음의 짐이 너무 무겁다!

폴로니우스 인기척이 납니다. 폐하, 어서 숨으시죠.

왕과 폴로니우스가 퇴장한다.
햄릿이 등장한다.

햄릿 사느냐, 죽느냐? 그것이 문제로구나. 잔혹한 운명의 돌팔매와 화살을 고통스레 맞아내는 것이 더 고귀한 일인가? 아니면 무기를 들고 온갖 문제에 맞서 끝장내는 게 더 고귀한 일인가? 죽는다는 것은 자는 것. 그뿐이야. 그리고 잠을 자면 나약한 인간이 감내해야 할 두통과 오만가지 충격도 다 끝나겠지. 그거야말로 바라던 건데. 죽는다는 것은 잠자는 것, 잠자면 꿈을 꿀지도 몰라. 아, 거기에 함정이 있구나. 육신의 굴레에서 벗어나 죽음의 잠에 빠질 때 어떤 꿈을 꾸게 될지 알 수 없으니 잠시 머뭇거리는 수밖에. 그게 바로 인생이라는 재앙을 우리가 그토록 오랫동안 참아내는 이유겠지. 그게 아니라면 나이 들면서 겪는 아픔과 수모, 권력자의 횡포와 거만한 자의 모욕, 짝사랑의 고통과 더디게 구현되는 정의, 관리의 불친절, 참을성 있는 사람들이 하찮은 사람들로부터 퇴짜 맞는 상황을 누가 견디겠는가? 단검 한 자루면 살면서 감내해야 할 이 모든 빚이 청산될 수 있을 텐데. 그게 아니라면 누가 지친 삶을 살려고 땀 흘리고 끙끙거리며 무거운 인생의 짐을 이고 가겠는가? 하지만 황천길을 건넌 누구도 되돌아오지 못한 미지의 나라, 사후 세계에 대한 알 수 없는 두려움이 우리의 의지를 꺾고, 우리가 알지 못하는 다른 세계로 줄행랑치기보다는 지금 우리가 겪는 부조리를 차라리 견디게 하는 게 아니겠는가? 따라서 양심은 우리 모두를 겁쟁이로 만들고, 붉게 서린 결심은 이런저런 생각들로 흐려져 빛이 바래고, 급물살을 타던 중대한 계획도 흐름이 끊기며 행동에 옮길 명분을 잃고 좌초되고 마는구나.

가만, 지금은 진정하자. 아름다운 오필리아!

요정이여, 그대 기도문에 내 모든 죄도 사해달라고 잊지 말고 넣어줘요.

오필리아 왕자님, 그간 안녕하셨나요?

햄릿 물어봐 줘서 고맙소. 아주 잘 있소.

오필리아 왕자님한테 받았던 선물들을 돌려드리려고 한동안 기다렸어요. 이제 받아주세요.

햄릿 아니, 내가 아니야. 난 그대에게 아무것도 준 게 없소.

오필리아 왕자님이 주신 선물이라는 거 잘 아시잖아요. 그와 더

붙어 달콤한 말들이 담긴 편지로 선물을 더욱 값지게 만들어주셨죠. 이제 그 향기가 사라졌으니 되돌려 드릴게요. 아무리 아름다운 선물이라도 주는 사람 마음이 메말라버리면 그 가치를 잃어버리는 거니까요. 여기 있어요. 왕자님.

햄릿 하하, 그대는 순수한가요?

오필리아 네?

햄릿 그대는 아름답소?

오필리아 무슨 말씀이세요?

햄릿 그대가 순수하면서 아름다워지려면 순수가 아름다움과 거래해서는 안 된다오.

오필리아 왕자님, 순수와 손잡아야 아름다움이 가장 돋보이는 게 아닐까요?

햄릿 음, 사실 아름다움은 순수함을 있는 그대로 두지 않고 아름다움을 파는 포주 노릇을 하도록 잽싸게 바꿔버리지요. 순수함도 아름다움을 더욱 순수하게 바꿔보려 하겠지만 힘에서 밀린다오. 전에는 어불성설이라고도 생각했지만, 이제는 사례도 있는 마당에 못 믿을 것도 없소. 나도 한때는 그대를 사랑했다오.

오필리아 정말 그러셨죠. 왕자님을 보고 저도 그렇게 믿었어요.

햄릿 나를 믿지 말았어야 했소. 구태의연한 본성에 아무리 미덕을 접붙이려 한들 결국 본성으로 돌아가게 마련이니까. 난 그대를 사랑하지 않았소.

오필리아 그럼 저는 더욱 속은 셈이네요.

햄릿 수녀원으로 가시오. 왜 죄인을 낳으려는 거예요? 나 자신도 그런대로 순수하지만, 어머니가 나를 낳지 않았더라면 더 나았을 것들에 대해 자책할 수밖에 없소. 가령 나는 매우 오만하고, 복수심에 불타고, 야심만만하고, 생각에 다 담기도 힘든, 상상하기에도 끔찍한 범죄를 행동으로 옮길 때를 기다리고 있소. 나 같은 자들이 하늘과 땅 사이를 기어다니며 대체 뭘 하라는 거요? 우리는 모두 순 날강도들이오. 그러니 우리 중 누구도 믿지 말아요. 그냥 수녀원으로 가시오. 그대 아버지는 어디 있소?

오필리아 집에 계십니다.

햄릿 그럼 문을 걸어 잠가 바보 같은 짓은 집 안에서만 하도록 해주시죠. 잘 가시오.

오필리아 신이시여, 그를 도와주세요!

햄릿 그대가 결혼한다면 지참금으로 이 저주를 내리겠소. 얼음처럼 투명하고, 눈처럼 순수하다고 해도 그대는 비방을 피해 가지 못할 것이다. 수녀원으로 가시오, 안녕. 그래도 결혼해야겠다면 바보와 하시오. 현명한 남자들은 그대가 남자를 어떤 괴물로 만들어버릴지 뻔히 아니까. 수도원으로 가시오. 속히 가시오. 그럼, 안녕.

오필리아 전지전능하신 신이시여, 이분을 원래대로 돌려주소서!

햄릿 여자들의 화장술에 관해서도 익히 들어 알고 있소. 신이 그대들에게 하나의 얼굴을 주셨는데 그대들은 자신을 또 다른 얼굴로 만들지. 살랑살랑 느릿느릿 걷고, 혀짧은 소리로 애교를 부리고, 신의 창조물에 별명을 붙이고, 끼를 부리면서도 몰랐다고 그러지. 흥, 더는 그런 데 빠져들지 않을 테요. 그 때문에 내가 미쳤으니. 선언컨대, 이 땅에 결혼은 이제 더는 없을 것이다. 이미 결혼한 사람들이야 — 한 사람을 제외하고는 — 그대로 살게 되겠지만, 나머지는 독신으로 살게 될 것이다. 수도원으로 가시오.

햄릿이 퇴장한다.

오필리아 아, 고결한 정신이 저리 무너져 버리다니! 조신의 눈과 군인의 칼, 학자의 혀, 우리 나라의 기대주이자 장밋빛 미래, 유행의 선도이자, 격식의 틀, 관심의 중심에 있었던 분이 이렇게 추락하고 마는구나! 아, 나야말로 가장 처량하고 비참한 여자가 되어 버렸어. 한때 음악 같은 달콤한 그의 맹세에 빠져들었는데 감미로운 종소리처럼 고결하고 가장 독보적인 이성이 연주하는 소리가 이제는 음정이 맞지 않아 신경을 거스르게 하는구나! 한창 피어나는 젊음의 비길 데 없는 아름다움이 실성으로 폭발해버렸다. 아, 처량하구나, 전에 보았던 모습과 지금 보는 모습이 이리 다르다니.

왕 (폴로니우스와 앞으로 나오며) 사랑? 그의 감정은 그 방향으로 움직이고 있지 않네. 그가 하는 말들도 비록 두서없긴 해도 실성해서 나온 말들은 아니야. 새가 알을 품듯 우울증이 품고 있는 그의 영혼에 무언가가 있어. 그리고 그게 부화해서 세상에 나올 때 뭔가 위험한 일이 일어나지 않을까 걱정이네. 위험을 사전에 차단하기 위해 빠른 결단을 내려야겠어. 햄릿을 당장 영국으로 보내 그동안 밀린 조공을 거두어들이게 할 것일세. 색다른 볼거리가 있는 대양과 나라를 두루 거치다 보면 그의 마음속에 자리 잡아 그의 머리를 헤집어 그를 전과 다른 이상한 사람으로 몰고 간 무엇인가를 쫓아버릴 수 있을 것이야. 어떻게 생각하나?

폴로니우스 잘 해결될 것 같습니다. 하지만 저는 아직도 슬픔의 시작이 버림받은 사랑에서 비롯된다고 믿습니다.

지금은 어떠냐, 오필리아? 우리에게 햄릿 왕자와 나눈 얘기를 들려줄 필요는 없다. 다 들었으니.

　폐하, 원하시는 대로 하십시오. 하지만 그 방법이 옳다고 하더라도 연극이 끝난 후에 왕비 마마만 따로 아들을 만나 슬픈 이유에 대해 진솔한 대화를 나눠보도록 하시지요. 괜찮으시다면 소신이 주변에 숨어 모자간 대화를 엿듣겠습니다. 왕비 마마가 원인을 찾아내지 못하면 왕자를 영국으로 보내거나 폐하가 최상의 장소라고 생각할 수 있는 곳에 그를 가두십시오.

　왕 그래야겠네. 권세가의 광기를 수수방관해서야 되겠나.

모두 퇴장한다.

· 제2장 ·

햄릿과 배우 세 명이 등장한다.

　햄릿 부탁하니 일전에 내가 자네한테 들려준 대로 혓바닥에서 통통 튀듯 리듬감 있게 대사를 읊어주게. 요새 많은 배우가 그러하듯 소리만 질러댄다면 동네방네 소식을 알리는 포졸들에게 대사를 읽어달라 하겠네. 또 팔을 마구 휘두르지 말고 몸동작은 자연스럽게 해주게. 급류가 일고, 폭풍이 휘몰아칠 때, 이를테면 격정의 소용돌이가 이는 한가운데서 그런 감정을 자연스럽게 표출하려면 오히려 절제해야만 한다네. 가발까지 쓴 배우들이 지나치게 흥분한 투로 격렬한 대사를 외치는 걸 듣고 있노라면 정말 그런 고역이 따로 없네. 말을 아예 않거나 소리쳐야만 이해할 수 있는, 무대 맨 앞에 서서 보는 무식한 구경꾼들에게 귀청 터지도록 외쳐 인상을 남겨보려나 본데 난 사양하겠네. 노발대발하는 이방의 신 터머건트(중세 종교극에 나오는 요란하고 격정적인 인물-역주)보다 시끄러운 그런 배우들은 채찍을 휘둘러 쫓아내면 좋겠어. 아주 폭군 헤롯 왕보다 더해. 제발 자네들은 그러지 말게나.

배우1 명심하겠습니다.

햄릿 그렇다고 너무 의기소침해서도 안 돼. 자네 분별력을 스승으로 삼게나. 행동을 말에, 말을 행동에 맞추고, 자연스럽고 절도 있게 연기하려고 노력하게. 뭐든 지나치다 보면 연극의 목적에서 벗어나지. 처음이나 지금이나 연극의 목적은 자연을 있는 그대로 거울에 비추듯, 미덕은 미덕대로, 악덕은 악덕대로, 시대상과 시대 정신을 연극이라는 형식에 맞춰 무대 안에서 그대로 담아내는 거라네. 그런데 이를 과장되게 표현하거나 박자를 놓치면 뭣도 모르는 관객은 웃을지 몰라도 연극깨나 아는 관객은 한숨짓고 말 거라네. 그리고 그 한 관객의 비난을 다른 전체 관객들의 의견보다 비중 있게 생각해야 할 걸세. 내가 일전에 평판이—그것도 매우—좋은 배우들의 연극을 본 적이 있네. 모독하려는 건 아니네만, 남들이 다 좋다던 그들은 기독교인 억양은커녕 기독교인, 이교도인, 아니 인간의 걸음걸이도 제대로 흉내 내지 못하면서 어찌나 발발거리며 고함은 질러대는지 난 조물주의 수습생이 만든 인간이라 그따위밖에 안 되나 생각할 정도였다네. 너무 형편없이 인간을 모방하더라니까.

배우1 그런 좋지 않은 부분을 상당히 개선하려고 했습니다만.

햄릿 완전히 뜯어고쳐야 하네. 그리고 광대는 각본에 있는 대사만 말하도록 하게. 극에서 정작 필요한 게 뭔지 고려해야 할 판에 개중에는 한심한 관객이나 웃겨보려고 본인이 박장대소하는 광대도 있으니까 말일세. 불쾌한 짓으로 무대를 통해 바보들을 웃겨보려는 한심스러운 야심을 보여준 꼴이네. 자, 준비들 하세.

> 배우들이 퇴장한다.
> 폴로니우스, 길던스턴, 로젠크란츠가 등장한다.

경, 어떻게 됐소? 폐하께서 이 연극을 관람하시겠답니까?

폴로니우스 왕비 마마도 함께 곧 오실 겁니다.

햄릿 배우들에게 서두르라고 전해주시오.

> 폴로니우스가 퇴장한다.

자네 둘도 그들이 준비를 마칠 수 있게 도와주겠나?

로젠크란츠 네, 왕자님.

> 로젠크란츠와 길던스턴이 퇴장한다.

햄릿 이봐, 호레이쇼!

> 호레이쇼가 등장한다.

호레이쇼 왕자님, 여기 대령했습니다.

햄릿 호레이쇼, 자네야말로 나와 대화가 통하는 사람이로구먼.

호레이쇼 오, 왕자님.

햄릿 아니, 아첨한다 생각하지 말게. 총기만 있지 맘껏 먹고 사입을 수입도 변변치 않은 자네에게 내가 아첨해서 얻는 게 뭐가 있겠나? 가난한 자에게 알랑거릴 사람이 어딨겠어? 없어. 아부해서 득이 될 게 있는 곳에서나 사탕발림하는 혀들도 허세를 핥아가며 절로 무릎을 굽히겠지. 내 말 듣고 있나? 내 귀한 영혼이 선택권을 갖게 되고, 사람을 선별할 수 있게 된 이후로 내가 친구로 선택한 사람이 바로 자네라네. 왜냐하면 자네는 온갖 고통을 겪으면서도 아무런 고통도 받지 않고, 운명의 여신이 시련을 주든 보상을 주든 똑같이 달게 받은 사람이니까. 기분 내키는 대로 연주하는 운명의 여신의 손가락에 놀아나는 피리가 아닌, 열정과 판단력을 고루 갖춘 그런 사람들이 복 받은 거지. 열정의 노예가 아닌 사람을 내게 보내주면 나는 그를 자네처럼 마음속에, 마음속 한복판에 꼭 품고 다니겠어. 하, 너무 나갔군. 오늘 밤 왕 앞에서 연극이 공연될 거야. 극 중에 내가 자네에게 말했던 아버지의 사망 당시 상황을 비슷하게 재현하는 장면이 있어. 그 장면에서 내 삼촌을 유심히 관찰해주게. 삼촌이 그걸 보고도 내색하지 않는다면 그 유령이 악령이었던 거고 내 의혹은 불칸의 대장간처럼 너저분한 망상에 불과했던 거지. 나도 뚫어지게 그를 쳐다볼 테니 잘 살펴보게. 그런 다음 서로 만나서 그의 반응이 어땠는지 죄가 있는 것 같은지 아닌지 함께 결론을 지어보세.

호레이쇼 잘 알겠습니다. 연극이 공연되는 동안 왕이 뭔가 감추는데도 제가 놓친다면 제가 보상해드리지요.

나팔 소리가 들린다.

햄릿 드디어 연극 보러 오는군. 빈둥거리는 척을 해야겠어. 자네도 자리를 잡게.

덴마크 군악대와 트럼펫 연주가 진행되고,

왕과 왕비, 폴로니우스, 오필리아, 로젠크란츠, 길던스턴,

다른 시종들이 횃불을 든 왕의 호위병과 함께 등장한다.

왕 내 조카 햄릿아, 잘 먹고 다니는가?

햄릿 사실 카멜레온 요리가 끝내주죠. 카멜레온처럼 공기도 먹고요, 약속으로 가득 찼던데요. 거세한 수탉한테 양에도 안 차는 약속만 먹일 순 없습니다.

왕 네 답변은 건질 게 없구나, 햄릿. 내 질문과도 상관없고.

햄릿 네, 지금은 저도 상관없어요. (폴로니우스에게) 경, 학창 시절 연극을 했다던데, 그래요?

폴로니우스 한때 그랬죠. 훌륭한 배우라는 평도 들었습니다.

햄릿 무슨 역할을 했나요?

폴로니우스 율리우스 카이사르 역을 맡았습니다. 원로원에서 살해당했죠. 브루투스가 저를 죽였습니다.

햄릿 원로원 원조 송아지를 죽이다니 브루투스가 부루퉁한 면이 있네요.

배우들은 준비됐나?

로젠크란츠 네, 왕자님 분부만 기다리고 있습니다.

왕비 햄릿, 여기로 와서 내 옆에 앉아라.

햄릿 아닙니다, 어머니. 여기 더 끌리는 쇠붙이가 있어서요. (오필리아 옆에 앉는다)

폴로니우스 폐하, 보셨죠?

햄릿 아가씨, 그대 무릎 사이에 누워도 되겠소?

오필리아 안 됩니다. 왕자님.

햄릿 내 말은 무릎 위에 머리를 대도 되겠냐는 거요.

오필리아 네, 왕자님.

햄릿 무슨 꿍꿍이라도 있는 줄 알았소?

오필리아 아무 생각도 하지 않았습니다.

햄릿 처녀 다리 사이에 눕는 건 멋진 생각이라오.

오필리아 무슨 말씀인가요?

햄릿 아무것도.

오필리아 즐거워 보이시네요.

햄릿 누가, 내가?

오필리아 네.

햄릿 오, 하나님, 당신의 꼭두각시일 뿐. 그런 인간이 즐거워하는 것 말고 할 게 뭐 있겠소? 우리 어머니가 얼마나 신나 보이는지만 봐도 알 수 있죠. 아버지 돌아가신 지 두 시간밖에 안 지났건만.

오필리아 아니에요. 두 달의 두 배나 지났어요.

햄릿 그렇게나 오래되었다고? 그럼 상복은 악마나 입으라지. 난 고급 흑담비 정장을 입을 테니. 세상에! 두 달 전에 돌아가셨는데 아직도 잊히지 않는다고? 그러면 위인에 대한 기억은 여섯 달은 족히 가겠구나. 하지만 이런 상황을 대비해서 그때 교회를 여러 채 지었어야 했는데, 안 그러면 흔들 목마처럼 그저 잊히는 것을 견뎌야만 하거든. 마침 묘비명도 〈오, 오, 목마는 잊혔다네〉라네.

트럼펫이 연주된다. 무언극이 뒤따른다.

왕과 왕비가 입장한다. 왕비가 왕을, 왕이 왕비를
매우 사랑스럽게 포옹한다. 왕비가 무릎을 꿇고 그에게 맹세한다.
왕은 왕비를 일으키고 왕비의 목에 머리를 갖다 댄다.
그는 화단에 눕는다. 왕비는 왕이 잠든 것을 보고는 떠난다.
곧이어 또 다른 남자가 들어와 왕관을 벗기더니 거기에 입맞춤하고
잠든 왕의 귀에 독을 들이붓는다. 왕비가 돌아와 왕이 죽은 것을
발견하고 울부짖는다. 독살자가 서너 명의 사람과 다시 등장하더니
왕비를 위로한다. 시신은 치워진다. 독살자는 왕비에게 선물로 청혼한다.
왕비는 한동안 냉정하게 대하는 듯하더니 결국 그의 사랑을 받아들인다.

배우들이 퇴장한다.

오필리아 왕자님, 이게 무슨 뜻인가요?
햄릿 아, 이것은 못돼먹은 장난이라는 뜻이요.
오필리아 이 무언극이 연극 전체의 논지를 전달하나 보네요.

연극을 소개하는 해설자가 등장한다.

햄릿 저 친구가 알려주겠지. 배우들은 비밀을 지킬 수 없으니 다 말할 거요.

오필리아 이 극이 무엇을 의미하는지도 말해줄까요?

햄릿 그래요, 아니면 당신이 그에게 볼거리를 주던지. 당신이 부끄러워하지 않고 보여준다면 그도 부끄러워하지 않고 그게 뭘 의미하는지 말해줄 거요.

오필리아 못됐군요, 정말 못됐어. 전 연극이나 볼래요.

해설자 〈자비로우신 관객 여러분, 우리 배우들의 연기와 우리가 준비한 비극을 끝까지 경청해주시길 머리 숙여 부탁드립니다.〉

해설자가 퇴장한다.

햄릿 이게 서두인가? 아니면 반지에 새긴 문구인가?

오필리아 짧긴 하네요.

햄릿 여인의 사랑처럼.

왕과 왕비로 분한 배우들이 입장한다.

왕 역 배우 〈가슴으로 서로 사랑하고 결혼의 신이 가장 성스러운 언약으로 우리 손을 서로 묶어 맺어준 이래 태양신의 전차가 바다의 신의 짠 바다와 텔러스의 둥근 지상을 서른 번 돌았고, 서른여섯 개의 달이 빌려온 빛으로 세계를 비추며 그렇게 열두 달이 서른 번 지났지.〉

왕비 역 배우 〈우리의 사랑이 다 하기 전에 해와 달이 또 그만큼

돌고 돌아 우린 또 세어보고 있겠지요. 하지만 요즘 당신이 기력도 없어 보이고 활기차던 예전과는 사뭇 달라 슬프고 또 걱정되네요. 당신을 걱정하는 건 맞지만 귀찮게 하려는 건 아니랍니다. 여자들은 사랑하는 만큼 걱정도 많아서 여자들의 사랑과 걱정은 비례하죠. 사랑이 없으면 걱정도 없고 사랑이 넘치면 걱정이 끝도 없답니다. 내 사랑은 당신도 이미 알고 있을 테고, 그 사랑만큼 걱정도 앞서는 거랍니다. 깊이 사랑하면 별것 아닌 일에도 걱정이 되지요. 잔걱정이 많은 만큼 사랑도 깊어진답니다.〉

왕 역 배우 〈사실 내가 그대를 먼저 떠나게 되겠지. 그것도 조만간. 기력이 쇠하고 신체 기능은 할 일을 제대로 하지 않고 있소. 그대는 이 아름다운 세상에 혼자 살아남아 존경과 사랑을 받으시길. 그리고 좋은 사람 있으면 남편으로 맞기를.〉

왕비 역 배우 〈아, 나머지 말은 틀렸다는 걸 입증하리라! 그런 사랑은 내 마음을 배반하는 거랍니다. 개가하면 내게 저주를 내려주세요! 첫 번째 남편을 죽인 자만이 두 번째 남편을 얻을 수 있는 법이지요.〉

햄릿 (방백) 쓸쓸하구나!

왕비 역 배우 〈개가로 마음이 기우는 근본적인 이유는 사랑이 아니라 돈 때문이지요. 둘째 남편이 침대에서 내게 키스한다면 첫 번째 남편을 또 한 번 죽이는 걸 거예요.〉

왕 역 배우 〈지금 당신이 하는 말을 믿지만, 우리는 결심한 바를 종종 깨뜨린다오. 결심이야 그저 기억의 노예나 마찬가지라 처음에는 다부지게 결심해보지만, 시간이 지날수록 약효가 떨어지지. 과일이 시퍼럴 때는 나무에 단단히 붙어 있지만 다 익고 나면 저

절로 떨어져 버린다오. 우리가 자신에게 빚진 것을 잊어버려 못 갚는 걸 어쩌겠소. 열정이 넘쳐서 하기로 한 약속은 열정이 식고 나면 잊게 마련이오. 슬픔이나 기쁨에 겨워 행동을 취하다가도 그런 감정이 수그러들면 행동도 저절로 관두겠지. 가장 기뻐 날뛰는 부분에서 가장 슬퍼 통곡하기도 하고, 그러다 작은 사건에도 슬픔이 기쁨이 되고 기쁨이 슬픔이 되어버리지. 이 세상은 영원하지 않고, 운명이 바뀌면서 사랑마저 변할 수 있다는 것도 하등 이상할 게 없소. 왜냐하면 사랑이 운명을 이끄는지, 운명이 사랑을 이끄는지는 여태껏 해결이 안 났기 때문이라오. 위대한 사람이라도 몰락하면 모두 나 몰라라 하고 가난한 사람이라도 출세하면 적이었다가도 친구가 되지. 사랑도 비슷하게 운에 좌우된다오. 돈 있는 사람은 친구가 부족하지 않고, 돈을 구걸하는 친구는 친구를 적으로 만든다네. 다시 논지의 시작점으로 돌아가자면, 우리의 의지와 운명은 반대로 흐르기 쉬워 우리 결심은 늘 엎어지게 마련이지. 처음 생각한 대로 끝나지 않는다네. 그러니 그대도 지금이야 다시는 결혼하지 않을 거로 생각하지만, 그런 그대의 생각도 내가 죽고 나면 사라질 거라오.〉

왕비 역 배우 〈과부가 되었다가 재혼한다면, 땅은 내게 음식을, 하늘은 내게 빛을 주지 마소서. 낮에 놀지도, 밤에는 쉬지도 못하고, 나의 믿음과 희망은 절망으로 바뀌게 하소서. 창살 없는 감옥인 양 옴짝달싹 못 하고, 하고픈 것이라도 있으면 매번 어깃장을 놓고 망쳐놓아 기쁜 얼굴 꺼뜨리고, 지금이나 앞으로나 갈등이 끊이지 않게 하소서.〉

햄릿 지금 왕비가 그 맹세를 깬다면?

왕 역 배우 〈깊은 맹세로구려. 부인, 여기 잠시 혼자 있고 싶소. 나른해지는 게 아무래도 낮잠으로 피로를 달래야겠소.〉

왕 역 배우가 잠든다.

왕비 역 배우 〈안녕히 주무세요. 우리 사이에 불운이 찾아들지 않기를.〉

왕비 역 배우가 퇴장한다.

햄릿 어머니, 연극은 맘에 드시나요?

왕비 내 보기에는 왕비 맹세가 지나치구나.

햄릿 오, 하지만 약속을 지킬 겁니다.

왕 연극 내용을 대강 들었느냐? 그 안에 불쾌하게 하는 대목은 없느냐?

햄릿 네, 네, 있다고 해도 그런 척하는 연기인데요, 뭘. 독이 나오지만, 연극 소품일 뿐 불쾌한 대목은 전혀 없습니다.

왕 이 연극의 제목은 뭐라더냐?

햄릿 〈쥐덫〉이라네요. 비유지요. 빈에서 발생한 살인 사건을 재현한 연극입니다. 공작 곤자고와 공작부인 밥티스타가 등장합니다. 곧 보게 되실 거예요. 망나니 같은 내용이긴 한데 뭐 어떻습니까? 폐하와 우리는 거리낄 게 없으니 뜨끔할 일도 없죠. 죄인이나 움츠러들라고 하고 우린 가슴 졸일 것 없이 즐기시죠.

루치아누스가 등장한다.

햄릿 저자가 루치아누스요. 왕의 조카지요.

오필리아 해설가로 나가도 되겠는데요.

햄릿 그대와 그대 애인이 꼭두각시 되어 놀아나는 것을 본다면 그대들 연애도 해설해줄 수 있소.

오필리아 날이 서 있네요. 왕자님, 찔리겠어요.

햄릿 내 날 끝을 무디게 하려면 앓는 소리깨나 내야 할 거요.

오필리아 좋아지나 싶으면 나빠지네요.

햄릿 그러니까 좋을 때나 나쁠 때나 함께할 마음으로 남편을 택하라는 거요.

시작해라. 살인자여, 빌어먹을, 지긋지긋한 얼굴은 거두고 시작해라. 자, 까마귀도 깍깍대며 복수를 부르짖는구나!

루치아누스 〈생각은 검고, 손은 잽싸고, 독약도 준비됐고, 시간도 딱 맞는구나. 날도 돕고 보는 이 하나 없구나. 한밤중 독초에서 골라내 섞어 만든 독약이여, 헤카테의 저주로 세 번 시들고 세 번 감염된 독초에서 추출한 그대 독약이여, 네 치명적인 성능으로 건강과 생명을 즉시 뺏거라.〉

독을 왕 역 배우의 귓속에 붓는다.

햄릿 왕궁을 차지하려고 정원에서 왕을 독살해요. 왕 이름이 곤자고예요. 이 이야기는 실화로 세련된 이탈리아어로 쓰였대요. 곧이어 살인자가 어떻게 곤자고 아내의 사랑을 얻는지도 나올 거예요.

왕이 일어난다.

오필리아 폐하께서 일어나십니다.

햄릿 아니, 오발탄에 겁먹으신 건가?

왕비 폐하, 괜찮으십니까?

폴로니우스 연극을 중단하라.

왕 불을 밝히게, 가겠네!

폴로니우스 햇불, 햇불을 밝혀라!

햄릿과 호레이쇼를 제외한 모두가 퇴장한다.

햄릿 〈화살 맞은 사슴은 홀로 울게 두고 화살 피한 사슴은 가서 놀게 둬라. 누군가 자려면 누군가는 지켜야지. 그래야 세상이 흘러가지.〉

내 연기 어떤가? 그러니까 내 말은 앞으로 내 운세가 사나워진다면, 깃펜 한가득 들고, 내 줄무늬 구두짝에 프로방스 장미 두 송이 달면, 나도 극단에서 한자리 차지할 수 있겠나?

호레이쇼 반 자리는 되겠네요.

햄릿 온전히 한자리지.

〈오 데이몬 내 사랑, 그대도 알잖소. 산산이 조각난 이 왕국도 조브 왕 영토였음을. 그런데 이제 여기는 한 마리 커다란 공작새 차지라오.〉

호레이쇼 각운은 끝까지 맞췄어야죠.

햄릿 오, 호레이쇼. 나는 유령 말이 옳다는 데 천 파운드 걸겠어.

자네도 봤나?

호레이쇼 아주 똑똑히 보았습니다.

햄릿 독살을 언급한 대목에서?

호레이쇼 왕을 매우 유심히 살폈죠.

햄릿 아하! 풍악을 울려라! 피리꾼들 나와보게!

왕이 희극이 싫으신 거라면 그럼, 아마도 이게 정말 싫으신 거지, 그럼.

자, 풍악을 울려라!

로젠크란츠와 길던스턴이 등장한다.

길던스턴 왕자님, 한 말씀 올려도 될까요?

햄릿 백 마디도 좋네.

길던스턴 폐하께서.

햄릿 그래, 무슨 일이지?

길던스턴 침소로 드신 후 심기가 몹시 불편하십니다.

햄릿 과음하셔서?

길던스턴 아니요, 화 때문이십니다.

햄릿 화병은 나보다는 의사에게 알려주는 게 훨씬 현명한 처사일 텐데. 내가 손대면 더 화가 폭발하지 않겠는가.

길던스턴 왕자님, 이치에 맞게 말씀하시고, 제 질문의 요지에서 벗어나지 않으면 좋겠습니다.

햄릿 고분고분하게 굴 테니 말해보게.

길던스턴 왕비 마마께서도 몹시 기분이 안 좋으셔서 저를 보내 왕자님을 모셔 오라 했습니다.

햄릿 환영하네.

길던스턴 왕자님, 이 상황에서 그런 인사치레는 어울리지 않습니다. 제대로 된 답변을 하실 의향이라면 마마의 분부를 전달하겠습니다. 그게 아니라면 실례를 무릅쓰고 이만 물러나도록 하겠습니다.

햄릿 경, 그럴 수 없소.

로젠크란츠 무슨 말씀인가요?

햄릿 제대로 된 답변을 하는 거 말이요. 내 정신은 병들었소. 하지만 그대 분부대로, 아니지 그대 말처럼 어머니 분부대로 최대한 잘 답변해보겠네. 그러니 그 얘긴 그만하고 본론으로 들어가지. 어머니가 뭐라셨다고?

로젠크란츠 왕비 마마께서는 왕자님의 행동에 그저 기가 막힐 따름이라고 하십니다.

햄릿 어머니를 그토록 놀라게 해드렸다니 효자 아닌가! 하지만 어머니가 그리 감탄하신 이유가 있을 텐데. 말해보게.

로젠크란츠 왕비 마마께서는 왕자님이 잠자리에 들기 전에 내실에서 대화를 나누고 싶어 하십니다.

햄릿 어머니 말씀이라면 열 번이라도 따라야지. 그대들은 나한테 다른 볼일은 없소?

로젠크란츠 왕자님께선 한때 우리를 좋아하셨습니다.

햄릿 여전히 좋아하네. 스리슬쩍 맹세하지.

로젠크란츠 왕자님, 그렇다면 감정이 그토록 오락가락하는 이유가 무엇입니까? 슬픔을 친구에게 털어놓으려 하지 않는다면 왕자님 스스로 빗장을 걸어 잠그는 겁니다.

햄릿 진급을 못 해서 그렇다네.

로젠크란츠 아니, 폐하께서 친히 왕자님이 차기 덴마크 왕이 되실 거라고 공표하셨는데 무슨말씀인가요?

햄릿 그래, 하지만 〈풀 자라기 기다리다가 — 말은 굶어 죽는다 —〉라는 말도 있지. 너무 케케묵은 속담인가?

배우들이 피리를 들고 등장한다.

오, 피리꾼들이 왔구나. 하나만 줘보게.

(햄릿이 피리 하나를 들고 길던스턴을 향해) 조금 물러서 주겠나. 어째서 마치 나를 덫에 몰아넣으려는 것처럼 내가 바람을 일으키는 곳마다 나타나 얼쩡거리는 건가?

길던스턴 왕자님, 제가 너무 무례하게 굴었다면 그건 다 왕자님에 대한 걱정이 앞서 예를 지킬 겨를이 없었나 봅니다.

햄릿 이해는 잘 안되네만. 이 피리 불어주겠나?

길던스턴 못 붑니다.

햄릿 부탁이네.

길던스턴 정말이에요. 불 줄 모릅니다.

햄릿 제발 이렇게 비네.

길던스턴 어떻게 손대는지도 몰라요. 왕자님.

햄릿 거짓말하는 것만큼이나 쉽지. 이 구멍들을 엄지와 나머지 손가락들로 막고 입을 대고 공기를 불어넣으면, 우아한 소리가 난다네. 보게, 이 구멍들을 막으면 되네.

길던스턴 하지만, 저는 이런 구멍들을 통제해 화음을 만들 수 없어요. 그런 재주가 없답니다.

햄릿 그래, 그럼 자네를 돌아보게. 자네들이 나를 얼마나 형편 없는 물건으로 보는지! 나를 갖고 연주하려고 해. 내 어디를 막아야 소리가 나는지 다 알고 있는 것처럼 말이야. 나의 마음속을 헤집어 파내려고 하고. 내 가장 밑바닥부터 꼭대기까지 모든 구멍을 이리저리 누르며 무슨 소리가 나는지 보려고 해. 이 작은 악기로 도 훌륭한 소리, 많은 음악을 만들어. 그런데 이걸로는 소리를 못 낸다고? 자네는 이 피리보다 나를 가지고 놀기 더 쉽다고 생각하나? 자네가 나를 어떤 악기라고 부르든, 나를 만지작거릴 수는 있 겠지만, 나를 가지고 연주할 수는 없을 걸세.

폴로니우스가 등장한다.

축복받으시지요.

폴로니우스 왕비 마마께서 왕자님과 이야기를 나누고 싶어 하십 니다. 지금 당장 말입니다.

햄릿 혹시 저 너머에 낙타 모양을 한 구름이 보이나요?

폴로니우스 정말이지 낙타 같군요.

햄릿 내가 보기에는 족제비 같은데.

폴로니우스 등이 족제비 같네요.

햄릿 아니면 고래 같거나.

폴로니우스 고래랑 똑같네요.

햄릿 그렇다면 어머니를 곧장 뵈러 갈 것이오.

(방백) 저들이 나를 가지고 놀다가 아주 부러뜨릴 작정인가 보군. 내 곧장 가겠소.

폴로니우스 그렇게 전하겠습니다.

햄릿 〈곧장〉이라는 말이 입으로는 참 쉽게도 나오는구나.

폴로니우스가 퇴장한다.

자네들도 가게, 친구들.

햄릿만 남고 모두 퇴장한다.

햄릿 이제 무덤이 입을 벌리고, 지옥이 이 땅에 독기를 내뿜고, 마녀들이 활개 칠 밤이 되었구나. 밤이 오니 뜨거운 피라도 들이켜고, 낮에 살 떨려 하던 끔찍한 일들도 할 수 있을 것만 같다. 잠깐, 먼저 어머니 뵈러 가야지. 오 마음이여, 효심은 잃지 말아다오, 단단한 이 가슴에 네로의 영혼이 깃들지 않게 해주오. 잔인하되 천륜을 저버려서는 안 되지. 어머니에게 비수 같은 말을 내리꽂아도 진검을 쓰진 않으리. 내 혀와 내 영혼이 이럴 때는 서로를 등지고 각자 갈 길을 가게 해주오. 말로는 아무리 비난의 화살을 날려도 내 영혼이 어머니 가슴에 화살을 꽂게 두지 않으리.

햄릿이 퇴장한다.

· 제3장 ·

왕, 로젠크란츠, 길던스턴이 등장한다.

왕 그가 맘에 안 들기도 하거니와 실성한 채 내 주변을 돌아다니도록 내버려 두는 것이 과연 안전한가 싶구나. 그러니 자네들은 준비하시게. 자네들의 임무는 곧 전달할 것이며, 햄릿은 자네들과 함께 영국으로 갈 것이다. 이 나라가 건재하려면 매시간 미쳐가는 그런 위험한 인물을 방관해서는 안 된다.

길던스턴 준비하겠습니다. 폐하의 통치하에 먹고사는 많고 많은 백성을 안전히 지키기 위해 노심초사하시는 것이야말로 성군의 도리입니다.

로젠크란츠 지극히 평범한 백성도 저 한 몸 건사하려면 다부지게 마음을 단단히 먹어야 합니다. 하물며 수많은 백성의 목숨이 통치자에 달린 만큼 폐하는 더욱 옥체를 보존하셔야 합니다. 국왕의 서거는 단순히 혼자만의 죽음이 아니라 소용돌이처럼 그 주변에 있는 모두를 끌어들입니다. 무릇 국왕이란 산 정상에 고정된 거대한 바퀴와 같으며 그 거대한 바큇살에 수만 개의 작은 부품들이 엉겨 붙어 있다가 바퀴가 떨어지기라도 하면 붙어 있던 자잘한 부속품들, 하찮은 물건들도 함께 굴러떨어져 망가지고 맙니다. 폐하가 홀로 한숨 쉬면 만백성은 신음하는 법이랍니다.

왕 그러니 제발 속히 떠날 채비를 해주게. 지금 마구 돌아다니는 이 위험에 족쇄를 채울 것이네.

로젠크란츠 / 길던스턴 서두르겠습니다.

로젠크란츠와 길던스턴이 퇴장한다.

폴로니우스가 입장한다.

폴로니우스 폐하, 왕자가 왕비의 내실로 향하고 있습니다. 소신은 휘장 뒤에 숨어 무슨 말을 주고받나 잘 듣겠습니다. 장담하건대 왕비 마마가 왕자님을 꾸중하실 거지만, 폐하께서 말씀하셨듯이―아주 현명하신 생각인데―아무래도 부모는 자식 일에는 편파적이라 어머니가 아닌 제삼자가 대화를 엿듣는 것이 분명 이점이 있을 것입니다. 그럼 편히 쉬고 계십시오. 침소에 들기 전에 들러 살펴본 바를 아뢰겠습니다.

왕 고맙소, 경.

폴로니우스가 퇴장한다.

아, 내 죄, 그 죄의 구린내가 하늘까지 찌르는구나. 태초의 가장 극악한 범죄, 바로 형제 살해지. 기도조차 할 수 없구나. 기도하고 픈 마음도 하려는 의지도 모두 강하건만 내 죄가 너무 무거워 기도를 막는구나. 난 두 가지 일에 매여 있는 사람처럼 둘 중 무엇을 먼저 할지 머뭇거리다가 둘 다 못 하고 마는구나. 내 형의 피로 이 저주받은 손이 피범벅이 되었다 해도 하늘에서 비가 우수수 내려 붉은 손을 눈처럼 하얗게 씻어줄 수는 없는 걸까? 범죄의 민낯을 마주하는 수밖에 없다면 자비란 대체 뭣 하러 있는 건가? 기도에는 두 가지 힘이 있다지. 나락으로 떨어지기 전에 미리 막아주는 힘, 떨어진 후에는 용서받게 해주는 힘. 그렇다면 기도를 해보자.

나의 죄는 이미 과거의 소산. 하지만 어떤 기도가 내게 적합할까? 〈내 흉측한 살인을 용서하소서?〉 그건 안 통할 것 같군. 살인해서 얻은 결과를 아직도 누리고 있으니. 내 왕관, 내 야망, 내 아내는 포기 못 하지. 용서도 받고 혜택도 계속 누릴 수 있을까? 부패한 이 세상에서야 금화를 쥔 범죄자의 손이 정의를 밀치고, 사악한 자금이 법을 매수하는 것을 자주 목격하지. 하지만 저 윗 세상은 달라. 발뺌은 통하지 않지. 거기서는 모든 행동이 철저히 그 자체로 평가되고, 우리 스스로 입으로 또 머리로 유죄의 증거를 내놓을 수밖에 없지. 그렇다면 어떻게 해야 할까? 남은 게 뭐지? 최대한 참회라도 해봐? 못 할 것도 없지. 하지만 참회할 수 없는데, 무슨 도움이 되겠어. 오 비참하구나! 죽음처럼 시커먼 가슴! 죄라는 덫에 걸려 벗어나려고 발버둥을 칠수록 더욱 걸려드는 영혼, 천사여 온 힘을 다해 도와주소서! 고집스러운 무릎이여, 꿇어라. 철근 같은 심장아, 갓난쟁이 근육처럼 부드러워져라.

만사형통하게 하소서.

왕이 무릎을 꿇는다.

햄릿이 입장한다.

햄릿 이제야 때가 온 것 같군. 지금 기도하고 있으니, 그래, 지금 해치우겠어.

칼을 뽑는다.

그러면 저자는 천국으로 가고 있는데 나는 복수를 하는 거네. 음, 이건 좀 더 생각해봐야겠어.

악당이 내 아버지를 죽였고, 복수한다면서 아버지의 유일한 아들인 내가 바로 그 악당을 천국으로 보낸다고? 오, 그게 무슨 복수야, 천국행 서비스지. 저자는 아버지가 원기 왕성하여 아버지의 죄도 오월의 꽃들처럼 만개한 때를 골라 무참히 살해했지. 그러니 아버지가 어떤 죗값을 받게 될지 하늘 말고 누가 알겠어? 그저 우리 세상을 돌아보고 생각해보면 중죄겠구나! 짐작하지. 그런데 저자가 천국에 가기 알맞게 고해성사하며 영혼을 구원하려는 이때 내가 복수를 하겠다고? 안 될 말이지! 거두어라, 칼아, 더 끔찍한 순간을 기다려야 한다.

칼을 집어넣는다.

저자가 만취해 곯아떨어졌을 때, 광란의 주연을 벌이고 있을 때, 아니면 침소에서 근친상간의 쾌락을 누리고 있을 때, 노름하다가 욕지거리할 때, 구원받을 수 없을 만한 행동만 골라서 하고 있을 때, 그때 그를 넘어뜨리자. 그러면 그의 발뒤꿈치가 천국을 박차고, 그의 저주받은 시커먼 영혼은 지옥으로 곤두박질치겠지. 어머니가 기다리시지. 흥, 기도로 치유를 바라지만, 네 병든 날만 연장될 뿐이다.

햄릿이 퇴장한다.

왕 (일어나며) 내 말들은 하늘로 날아갔지만, 내 생각은 여전히 땅 아래 맴도는구나. 생각 없는 말은 절대 천국에 못 가지.

왕이 퇴장한다.

· 제4장 ·

왕비와 폴로니우스가 입장한다.

폴로니우스 왕자님이 바로 올 것입니다. 엄하게 꾸짖어주십시오. 장난이라고 하기에는 너무 지나쳐서 참기 어렵다고 말씀해주시고 폐하가 진노하시는 것을 왕비 마마가 겨우 진정시켰다고 하십시오. 저는 여기서 입 다물고 있겠습니다. 제발 똑 부러지게 말해주십시오.
햄릿 어머니, 어머니!
왕비 내 꼭 그리할 테니 내 걱정은 마시오. 어서 물러나시오. 그의 발소리가 가까워지고 있소.

폴로니우스가 휘장 뒤에 숨는다.
햄릿이 입장한다.

햄릿 어머니, 무슨 일입니까?
왕비 햄릿, 너 때문에 아버지가 몹시 화가 나셨다.

햄릿 어머니, 어머니 때문에 제 아버지가 몹시 화나셨죠.

왕비 허, 허, 경박한 혓바닥으로 잘도 대답하는구나.

햄릿 하, 하, 사악한 혓바닥으로 잘도 질문하시는군요.

왕비 이번엔 또 왜 그러냐, 햄릿?

햄릿 이번엔 또 무슨 일입니까?

왕비 나를 잊었느냐?

햄릿 아뇨, 그럴 리가요. 말도 안 되죠. 어머니는 왕비시고, 전남편 동생의 아내이며─아니라면 좋겠지만─제 어머니시죠.

왕비 아니, 그럼 너와 말이 통하는 사람들을 데려와서 앉혀야겠구나.

햄릿 자, 자, 앉으세요. 한 발짝도 못 움직이십니다. 제가 어머니께 거울을 비춰 어머니가 스스로 참모습을 보실 때까지는 어디도 못 가십니다.

왕비 뭘 하려는 거냐? 날 죽이려는 건 아니지? 사람 살려!

폴로니우스 (휘장 뒤에서) 여봐라! 사람 살려!

햄릿 이게 뭐야, 쥐새낀가? 죽어도 싸지, 죽어.

휘장 속으로 장검을 찔러 넣는다.

폴로니우스 (휘장 뒤에서) 아, 이렇게 죽는 건가!

왕비 세상에, 무슨 짓을 한 거냐?

햄릿 모릅니다. 왕이었나요?

왕비 아, 이 무슨 무모하고 피비린내 나는 짓이냐!

햄릿 피비린내 나는 짓이요? 그래요, 어머니. 왕을 죽이고 그의 동생과 결혼한 것만큼이나 못된 짓이네요.

왕비 왕을 죽이다니?

햄릿 네, 어머니, 제가 그리 말했습니다.

휘장 뒤에서 폴로니우스의 시체를 끌어낸다.

형편없고, 무모하고, 참견하기 좋아하는 바보는 잘 가게. 네 윗사람인 줄 착각했다. 그대 운명을 받아들이게. 여기저기 너무 끼어들다 보면 위험하다는 것을 알았겠지.

(왕비에게) 손은 그만 비트세요. 심호흡하고 앉아보세요. 제가 어머니 심장을 비틀어볼게요. 파고들 만큼 유연한지 알고 싶으니까요. 빌어먹을 관성으로 단단히 굳어버려 어떤 감정도 파고들 수 없는 그런 강심장은 아닌지 궁금해서요.

왕비 내가 대체 뭘 했다고 네가 감히 혀를 놀려 그런 무례한 말을 내뱉느냐?

햄릿 우아함과 수줍음을 버리고, 미덕을 위선이라 부르고, 순수한 사랑의 아름다운 이마에서 장미꽃을 떼어내 그 자리에 물집이 생기게 하고, 혼인 서약을 도박꾼의 맹세처럼 거짓부렁이로 만들었지요. 그런 행동은 결혼이라는 몸체에서 영혼을 뽑아내고 성스러운 종교 의례를 말 잔치로 만들어버리죠. 어머니의 행동에 이 단단한 땅을 내리비추는 천상의 얼굴도 분노로 붉게 빛나며 슬프게 달아오르고 종말이라도 온 것 같다며 치를 떱니다.

왕비 그만, 무슨 행동을 했다고 초장부터 그리도 요란하게 호통을 치는 게냐?

햄릿 여기 이 그림과 저 그림, 두 형제의 초상화를 잘 보세요. 보이나요? 이 이마에 서린 우아함을 보시라고요. 태양신 히페리온의 곱슬머리, 제우스의 이마, 호령하는 군신 마르스의 눈, 하늘이 입 맞추는 언덕에 막 빛을 비추는 전령 머큐리의 자태. 모든 신들이 세상에 상남자를 보증하기 위해 각자의 흔적을 담아 조화롭게 만든 형상, 이게 바로 어머니의 남편이었습니다. 이제 다음 그림을 보세요. 흰 곰팡이 핀 낱알이 멀쩡한 곡식을 병들게 하듯, 건강한 형을 무너뜨린 자, 이게 현 남편입니다. 대체 눈이 어디 달렸기에 이렇게 아름다운 산을 떠나 이런 황무지에 빌붙어 살 수 있어요? 하, 눈이 있기나 한 거예요? 어머니 나이에 그걸 사랑이라고 할 수 없어요. 피 끓는 청춘도 지나고 이제 점잖게 분별력을 갖출 시기잖아요. 분별력이 얼마나 흐려졌길래 이 사람을 저 사람으로 대체하나요? 감각이라는 게 있긴 하겠죠, 없다면 그냥 가만있었겠죠. 어머니 감각들은 마비되었나 봐요. 미쳤대도 이런 실수는 하지 않을 테고, 환각에 사로잡혔다 한들 이 정도 차이가 나면 선택을 재고해볼 수 있었을 테니까요. 어떤 악마가 대체 어머니의 눈을 가린 건가요? 감정 없는 눈, 눈 없는 감정, 손이나 눈 없는 귀, 다른 감각 없는 후각, 진실한 감각 하나만 남았대도, 일부라도 살았더라면 이런 실없는 선택은 하지 않았겠죠. 수치심아, 네 붉은 뺨은 어디로 갔느냐? 반항하는 것이냐? 나이 지긋한 부인의 뼛속에서조차 반란을 일으켜 정욕을 불태운다면 청춘의 타오르는 열정으로는 모든 미덕이 이미 불타 녹아 사라져야겠지. 충동적인 열기로 충만하면 흰 서리도 활활 타오르고, 이성도 욕망의 뚜쟁이가 될 테니 수치심 따위는 없는 게 맞겠지.

왕비 오, 햄릿, 그만해라! 내 영혼을 들여다보게 나를 몰아세우는구나. 거기서 지워지지 않을 시커먼 죄의 흔적들이 보인다.

햄릿 네, 하지만 더러운 돼지우리 넘어 땀으로 뒤범벅이 된 더러운 침대 시트에서 쾌락에 절어 달콤한 사랑을 나누면서 살겠죠.

왕비 더는 내게 말하지 말아다오! 네 말들이 비수가 되어 내 귀에 꽂히는구나. 제발 그만해다오, 아들.

햄릿 살인자에 악당, 어머니 전남편의 이백분의 일만도 못한 노예, 끔찍한 왕, 선반에서 왕관을 훔쳐 호주머니에 슬쩍 한 왕위 찬탈자.

왕비 그만!

햄릿 넝마주이 왕!

유령이 등장한다.

하늘의 수호자여, 천상의 날개로 나를 보호해주소서! 무슨 연유로 여기까지 기품 있게 행차하셨소?

왕비 맙소사, 미쳤구나.

햄릿 시간도 지체되고 열정도 식어버려 무시무시한 엄명을 수행하지 못하고 있는 태만한 아들을 꾸짖으러 오셨소? 말해주시오!

유령 잊지 마라. 무뎌지는 네 복수심을 벼르기 위해 여기 왔을 뿐이다. 하지만 봐라. 네 어머니가 얼마나 놀란 표정인지. 자기 영혼과 싸우는 어머니를 말려라. 저렇게 몸이 허한 상태에서 환각은 가장 큰 힘을 발현하게 마련이다. 어머니에게 말을 걸어라, 햄릿.

햄릿 어머니, 괜찮으세요?

왕비 맙소사, 너야말로 괜찮은 거냐? 어째서 눈은 허공에 꽂힌 채로 실체 없는 공기에 말을 거느냐? 네 눈에서 맹렬한 기운을 뿜어내고 잠자던 군인들이 비상이란 소리에 벌떡 일어나듯, 차분하던 네 머리카락은 한 올 한 올 살아 있듯 쭈뼛쭈뼛 서더구나. 온순한 아들아, 불타오르는 네 광기를 차디찬 평정심으로 식히려무나. 어디를 쳐다보고 있는 거냐?

햄릿 오, 그분, 그분을 보고 있어요. 보세요, 얼마나 창백한 눈으로 나를 쳐다보고 있는지! 그가 어떤 모습인지 보고 어떤 사연인지 들으면 꿈쩍 않던 돌도 마음이 동해 움직일 거예요.

저를 그리 그런 애처로운 표정으로 쳐다보지 마시오. 내 단호한 복수심을 바꿀 요량이 아니라면. 그러면 마음이 약해져 제가 할 일은 피 대신 눈물로 마무리되어 본연의 색을 찾지 못하고 퇴색되고 말 것이오.

왕비 누구한테 말하고 있는 거냐?

햄릿 저기 아무것도 안 보이나요?

왕비 전혀, 내가 늘 보던 것 외에는.

햄릿 아무 소리도 안 들리고요?

왕비 그래, 우리가 하는 말 외에는.

햄릿 보세요, 저길 좀 보라고요! 그게 어떻게 슬금슬금 사라져 가는지! 제 아버지요, 살아 계실 때 모습으로, 지금 문을 나서서 밖으로 가는 것을 보라고요!

유령이 퇴장한다.

왕비 이게 모두 네 머리가 만들어낸 거야. 이 형체 없는 창조물은 환각이 교묘히 만들어낸 것이라고.

햄릿 환각이라고요? 제 맥박은 어머니 맥박 못지않게 건강하게 규칙적으로 박자를 맞추며 뛰고 있어요. 제가 중얼거린 말은 미친 소리가 아니에요. 한번 저를 시험해보세요. 물어보시면 제가 말했던 것을 다시 그대로 뱉어볼게요. 미친 사람이라면 그렇게 못 하죠. 어머니, 부탁하는데 제 말이 단지 나의 광기에서 비롯된 것일 뿐 어머니 잘못은 없다며 번드르르한 말로 어머니 영혼을 달래지 마세요. 그것은 마치 곪은 부위에 기름칠하는 거나 마찬가지예요. 겉은 번드르르할지 몰라도 그대로 두면 계속 썩어들어가 보이지 않는 곳까지 감염되고 말 거예요. 하늘에 어머니 잘못을 고백하세요. 과거에 했던 일을 참회하고 앞으로 올 일은 피하세요. 잡초에 비료를 뿌려 무성하게 키우지 마시라고요. 이렇게 어머니한테 입바른 소리만 하는 제 덕을 용서하세요. 이처럼 방만하고 혼탁한 시대에는 비행을 바로잡고 싶은 마음에 입바른 소리라도 하려면 덕이 직접 나서서 사정사정해야 겨우 약발이 먹힌답니다.

왕비 햄릿, 기어이 내 심장을 둘로 쪼개는구나.

햄릿 그렇다면 나쁜 쪽을 던져버리고 나머지 반쪽으로 더욱 순수하게 살면 되겠네요. 안녕히 주무세요. 하지만 삼촌 침대로 가지는 마세요. 덕이 없더라도 있는 척이라도 해주세요. 모든 감각을 집어삼키는 습관이라는 괴물도 악습에 젖어 들면 악마가 되고, 덕을 취하면 천사가 된답니다. 올바르고 선한 행동을 자꾸 하다 보면 어느새 익숙해져서 몸에 딱 맞는 외투를 걸친 듯 자연스러워지니까요. 오늘 밤을 피하면 다음 날은 거절하기 조금 더 쉬워질 테고, 그다음 번에는 더 쉬워질 것입니다. 어머니가 어떻게 행동하느냐에 따라 습성도 바꿀 수 있어요. 악습을 계속 억누르거나 버릴 수도 있습니다. 안녕히 주무세요. 제게 어머니의 축복을 빌라시면 빌어드리지요. (폴로니우스를 가리키며) 이 어르신에게 이런 일이 벌어진 데 대해 참회합니다. 하지만 하늘은 이 일로 나를 벌주고 나로 이 일을 벌주길 바라시니 전 하늘의 심판을 받는 동시에 하늘의 심판관이 되어야만 합니다. 제가 시체를 처리하고 그의 죽음에 책임을 지겠습니다. 그러니 어머니는 안녕히 주무세요. 더 나은 친절을 베풀고자 잔인하게 굴었습니다. 이것은 악의 시작이고 더 악한 게 남았습니다. 한마디 더 하겠습니다. 어머니.

왕비 난 뭘 해야 한단 말이냐?

햄릿 부탁드리는데 이것만은 삼가세요. 살찐 왕이 어머니를 다시 침대로 유혹하면서 볼을 꼬집고 어머니를 나의 생쥐라고 부르고 느끼하게 두어 번 키스하고 추잡한 손으로 목을 주무르면서 제가 실제로는 미친 게 아니고 미친 척한다는 사실을 어머니한테 확인하려 들 때 넘어가시면 안 됩니다. 하지만 어머니는 착하시니까 그냥 솔직히 털어놓을 수도 있겠죠. 아무리 중요한 문젠들 두꺼비나 돼지, 수고양이한테까지 숨길 사람이 어디 있겠습니까? 아름답고 정숙하며 현명한 왕비가 아니고서야 누가 그렇게까지 숨기겠습니까? 못 하죠. 보통 사람들이라면 분별력과 비밀 유지 따위는 잊어버리고 지붕 위의 새장을 열어 새들을 날려 보내겠죠. 그러고는 유명한 원숭이처럼 이판사판이라며 새장에 기어들어 갔다가 떨어져 그만 목이 부러지고 말 것입니다.

왕비 안심하려무나. 말하려면 숨을 내뱉어야 하고, 숨을 내뱉어야 살 수 있다면, 내게 해준 말을 내뱉느니 차라리 목숨을 포기하겠다.

햄릿 저는 영국으로 가야만 해요. 알고 계시죠?

왕비 그래, 잊고 있었구나. 그렇게 결론이 났다지?

햄릿 국서가 밀봉되어 있고, 내 동창 두 명이—독니를 드러낸 독사도 믿는데 그들을 못 믿을 것도 없겠죠—왕명을 받들어 저를 사지로 몰아넣을 것입니다. 그럴 테면 그러라지요. 폭탄을 만든 기술공이 자기가 만든 폭탄에 날아가는 걸 지켜보는 것도 볼거리겠네요. 쉽지는 않을 테지만 나는 그들의 폭탄 아래로 파고들어 가서 그들을 달까지 날려버릴 겁니다. 아, 서로의 계략이 외줄에서 만나니 얼마나 흥미진진하겠어요. (폴로니우스를 가리키며) 이자 때문에 어쩔 수 없이 짐을 싸야겠군요. 일단 시체를 옆방으로 끌고 가야겠네요. 어머니, 안녕히 주무세요. 이 원로는 살아생전에는 잘도 떠들어대던 허풍선이더니 이제 가장 조용하고, 은밀하고, 진지해졌군요. 이보시오, 경, 우리도 이만 끝냅시다. 어머니, 쉬세요.

햄릿이 폴로니우스 시체를 끌면서 퇴장하고 왕비만 남는다.

제4막

· 제1장 ·

왕과 왕비, 로젠크란츠와 길던스턴이 입장한다.

왕 그리 연신 깊은 한숨을 쉬어대는 데는 다 이유가 있겠지. 이 자리에서 한번 풀어보시오. 우리가 함께 이해해야 하지 않겠소. 그대 아들은 어디 있소?

왕비 긴밀히 할 얘기가 있으니 잠시 자리를 물려주시게.

로젠크란츠와 길던스턴이 퇴장한다.

아, 폐하, 오늘 밤에 내가 본 것은!

왕 뭐였소, 거트루드? 햄릿은 어쩌고 있지?

왕비 태풍에 바다와 바람이 누가 더 센지 겨루는 것처럼 미쳐 날뛰었답니다. 제정신이 아닌 상태에서 휘장 뒤에서 부스럭거리는 소리가 들리자 〈쥐야, 쥐〉라고 외치며 장검을 휘두르다가 거기 숨어 있던 선한 노인을 그만 죽이고 말았습니다.

왕 아, 중범죄로군! 내가 거기 있었더라면 그 꼴이 날 뻔했소. 그를 그렇게 풀어놓는 것은 그대나 나나, 다른 모두에게 위험하오.

아, 이 끔찍한 폭력 사태를 어찌 해명해야 하나? 이런 미친 젊은이를 미리 주시하고, 통제하고, 함부로 나다니지 못하게 단속하지 않았다는 비난이 과인에게 쏟아질 것이오. 하지만 자식 사랑이 너무 큰 나머지 적절한 방안을 귀담아듣지 않고 몹쓸 병을 앓는다는 소문이라도 날까 봐 쉬쉬하고만 있다가 오히려 병이 생명을 파먹게 했구려. 햄릿은 어디로 갔지?

왕비 죽인 노인의 시체를 끌고 처리하러 갔어요. 그의 광기는 광산의 광물처럼 그 자체로는 순수한지 자신이 한 일에 눈물을 흘렸습니다.

왕 오, 거트루드, 나갑시다! 아침 해가 산 정상에서 떠오르자마자 그를 배에 태워 보낼 거요. 그리고 왕으로서의 권위와 역량을 동원해 햄릿이 저지른 끔찍한 행동을 설명하고 용서를 구할 것이오. 이보게, 길던스턴!

로젠크란츠와 길던스턴이 입장한다.

자네들은 가서 사람들을 더 불러 모으게. 햄릿이 미쳐서 폴로니우스를 살해하고 왕비 내실 밖으로 시체를 끌고 갔다 하고. 가서 그를 찾아 잘 다독여서 시체를 예배당으로 옮기게. 부탁이니 어서 서두르게.

로젠크란츠와 길던스턴이 퇴장한다.

가지, 거트루드. 가장 현명한 대신들을 소집하여 벌어진 사건을 알리고 향후 대책을 마련해야겠소. 비방과 중상모략이 온 나라를 떠돌며 퍼져나가겠지만, 과인 이름은 거론되지 않고 그저 허공에 나 맴돌길 바라봅시다. 아, 가봐야겠소. 내 마음이 혼란과 슬픔으로 가득하오.

모두 퇴장한다.

· 제2장 ·

햄릿이 등장한다.

햄릿 안전하게 숨겼다.

사람들이 무대 밖에서 부른다. 햄릿 왕자님!

잠깐, 이게 무슨 소리지? 누가 나 햄릿을 부르는 거지? 저기들 오는군.

로젠크란츠, 길던스턴과 다른 사람들이 등장한다.

로젠크란츠 왕자님, 시체를 어떻게 하신 겁니까?
햄릿 흙과 잘 섞어서 두었네. 서로 가까운 사이 아닌가.
로젠크란츠 어디인지 말씀해주시면 시체를 예배당으로 가져가겠습니다.

햄릿 그건 믿지 말게.

로젠크란츠 뭘 믿지 말라는 건가요?

햄릿 내가 너희들 조언을 받아들여 내 비밀을 지킬 거라는 것. 그것 말고도 스펀지의 요구에 응하라고? 왕의 아들이 스펀지에 무슨 답변을 하라는 건가?

로젠크란츠 저를 스펀지로 보시는 건가요?

햄릿 그렇지. 왕의 은총과 그가 내리는 보상, 그의 권위를 모조리 빨아들이는 스펀지 아닌가? 하지만 관리들이 결국 왕에게 최상의 봉사를 하게 되지. 왕은 이들을 원숭이처럼 그의 턱 밑에 두고 처음엔 넣고만 있다가 나중에는 삼켜버리지. 왕이 너희가 긁어모은 정보가 필요할 때 그저 너희 같은 스펀지를 짜내겠지. 그럼 너희는 다시 마를 거라고.

로젠크란츠 무슨 말인지 이해가 안 되는군요.

햄릿 다행이군, 악담은 멍청한 귀 안에서는 그저 잠들 뿐이지.

로젠크란츠 왕자님, 시체가 어디 있는지 말씀해주시고 우리와 함께 폐하께 가야 합니다.

햄릿 시체는 왕과 함께 있지만 왕은 시체와 함께 있지 않네, 왕이란 것은.

길던스턴 왕자님, 것이라니요?

햄릿 아무것도 아니야. 왕에게 데려가게. 숨어라, 여우야. 이제 찾으러 간다!

모두 퇴장한다.

· 제3장 ·

왕과 신하 두세 명이 등장한다.

왕 햄릿을 찾아 시신을 찾아오게 사람을 보냈소. 이런 인간이 활보하다니 얼마나 위험한 일이오! 하지만 우리는 그에게 엄격한 법을 적용해서는 안 되오. 그는 얼빠진 군중의 사랑을 받고 있소. 분별력은 없고 눈에만 들면 그저 좋아하는 거지. 그리고 그런 사람들은 죄는 따지지도 않고 무슨 처벌이 내려지는지만 관심 있을 뿐이오. 그러니 그를 갑작스럽게 멀리 보내는 것도 오랫동안 계획하고 조심스럽게 숙고한 행동처럼 세간에 보여야 하오. 치명적인 병은 즉각적인 처방이 필요하오. 때를 놓치면 치료도 물 건너가오.

로젠크란츠가 등장한다.

그래, 일이 어찌 돌아가고 있는가?
로젠크란츠 왕자님이 시신을 숨긴 장소를 알아내지 못했습니다.
왕 그럼 햄릿은 어디 있나?
로젠크란츠 밖에서 감시받으며 대기 중입니다.
왕 그를 들라 하여라.
로젠크란츠 이보게, 왕자님을 모셔 오게.

호위병들이 햄릿과 입장한다.

왕 자, 햄릿. 폴로니우스는 어디 있느냐?

햄릿 저녁 식사 중입니다.

왕 어디서 식사 중이냐?

햄릿 그가 먹는 곳이 아닌 먹히는 곳에 있습니다. 정치꾼 같은 한 무리의 구더기들이 지금 그를 탐하고 있습니다. 구더기야말로 식탐의 대왕이랍니다. 인간은 온갖 동물을 살찌워 배불리 먹고, 배부른 다음에는 결국 구더기의 밥이 되지요. 배부른 왕과 깡마른 거지는 각각 다른 접시에 올려 나올 뿐 한 상에 차려진답니다. 끝은 다 똑같답니다.

왕 맙소사.

햄릿 누군가는 왕을 먹은 구더기를 미끼로 물고기를 낚을 수도 있고, 그 구더기를 덥석 문 물고기를 잡아먹을 수도 있겠죠.

왕 대체 뭐라는 거냐?

햄릿 별말 아닙니다. 그저 왕이 어떤 경위로 거지의 위장에 행차할 수 있는지 알려드리는 것뿐입니다.

왕 폴로니우스는 어디 있느냐?

햄릿 천국에 있을걸요. 거기로 사람을 보내 찾아보세요. 전령이 거기서 그를 찾지 못한다면 폐하가 직접 반대편 지옥에서 확인해 보든가요. 하지만 그런데도 이달 내로 그를 찾지 못한다면, 로비로 향하는 계단을 올라가다 보면 냄새가 날 것입니다.

왕 (시종들에게) 어서 가서 거기를 뒤져봐라.

일부 시종이 퇴장한다.

햄릿 서두르지 않아도 그가 얌전히 기다리고 있을 걸세.

왕 햄릿, 네가 저지른 범죄로 인해 침통하기 이를 데 없고, 특히 네 안전이 염려되는구나. 그리하여 조금도 지체하지 않고 너를 떠나보내기로 했으니 떠날 채비를 해라. 배도 준비되었고, 순풍도 불고 있고, 동창들도 너를 잘 돌볼 것이니, 이 모든 것이 영국으로 향하도록 돕는구나.

햄릿 영국으로요?

왕 그렇다, 햄릿.

햄릿 좋습니다.

왕 짐의 뜻을 헤아린다면 마땅히 그리해야지.

햄릿 그 뜻을 들여다보는 천사가 보이네요. 하지만, 이제 영국으로 가야죠. 안녕히 계세요, 사랑하는 어머니.

왕 햄릿, 사랑하는 네 아버지다.

햄릿 어머니죠. 아버지와 어머니는 남편과 아내고, 부부는 일심동체니, 아버지가 어머니죠. 자, 그럼 이제 영국으로!

햄릿이 퇴장한다.

왕 그를 바짝 뒤쫓거라. 속히 승선하게 하고 조금도 지체하지 말라. 오늘 밤 내로 바로 출항하게 할 것이다. 떠나라, 이 임무와 관련된 서류는 모두 서명했고 봉해졌다. 부탁이니 서둘러라.

왕을 제외하고, 모두 퇴장한다.

그리고 영국 왕이여, 그대가 내 말을 허투루 듣지 않는다면 ― 덴마크 칼에 맞은 자네 상처가 아직도 아물지 않고 벌겋게 달아오르며, 우리에게 조공까지 바치고 있으니 마땅히 나의 위력을 실감하고 있을 테지 ― 밀서에 지시한 대로 햄릿을 즉결 처형하라는 내 왕명을 무시하지 않으리라고 믿네. 영국 왕이여, 부디 그리 해주게. 햄릿이 날뛸 때마다 내 피가 거꾸로 치솟는 것 같으니 그대가 내 열병을 치료해주게나. 이 일이 잘 마무리되었다는 것을 알 때까지 아무리 좋은 일이 생긴들 난 즐겁지 않을 것이야.

왕이 퇴장한다.

· 제4장 ·

포틴브라스가 군대와 함께 무대 위로 입장한다.

포틴브라스 대장, 가서 덴마크 국왕에게 인사를 드리고, 합의 조약대로 포틴브라스가 군대를 이끌고 덴마크를 통과할 수 있게 해달라고 전하게. 우리 군 집결지는 알고 있을 테지. 이곳 국왕이 우리에게 원하는 게 있다면 직접 뵙고 의무를 다할 것이라고 전해주시오.

대장 그렇게 하겠습니다.

포틴브라스 조용히 진군하라.

대장만 남고 모두 퇴장한다.

햄릿, 로젠크란츠, 길던스턴, 다른 사람들이 등장한다.

햄릿 안녕하시오, 이게 어디 군대요?

대장 노르웨이 군대입니다.

햄릿 부탁인데 무슨 목적으로 진군하는지 알려주시오.

대장 폴란드 영토 일부를 공격하러 가는 중입니다.

햄릿 군대는 누가 이끌고 있소?

대장 노르웨이 왕의 조카 포틴브라스 왕자입니다.

햄릿 폴란드 본토를 향해 진격하는 거요? 아니면 변경을 치려는 거요?

대장 솔직히 말씀드려 조금도 안 보태고 그저 명분뿐 아무 쓸모도 없는 손바닥만 한 땅을 차지하러 가고 있습니다. 금화 다섯 냥만 주면 넘긴다 해도 나라면 사지도, 거기에 농사짓지도 않을 그런 땅이죠. 노르웨이든 폴란드든 그 땅을 차지한 이가 판다고 해도 그 이상 받지는 못할 것입니다.

햄릿 음, 그럼 폴란드인들도 애써 방어하려 들지 않겠군.

대장 아니요, 이미 수비대가 주둔해 있습니다.

햄릿 이천 명의 영혼과 금화 이만 냥으로도 이런 지푸라기만 한 땅 문제 하나 해결 못 하는구나! 돈도 넘쳐나고 평화도 오래 지속되다 보니 종양이 생겨도 모르는 거겠지. 안은 서서히 곪아 터지는데 겉보기엔 멀쩡해서 그러다 나중엔 이유도 모르고 죽고 말걸.
답변 고맙소.

대장 신의 가호가 함께하길.

대장이 퇴장한다.

로젠크란츠 왕자님, 이제 가실까요?
햄릿 곧장 따라붙을 테니 먼저들 가게.

햄릿만 남고 모두 퇴장한다.

주변의 모든 것이 나를 책망하고 느려빠진 복수를 질타하며 강행하라는구나! 사람이 뭔데? 애써 번 황금 시간을 그저 먹고 자느라 다 허비해버린다면 그것도 사람일까? 짐승과 하나 다를 게없지. 그렇다. 조물주가 전후를 살피는 폭넓은 사고력을 불어 넣어가며 인간을 창조했을 때는 그런 능력과 신과 같은 이성을 묵히고썩히라고 주신 건 아니다. 난 짐승처럼 잊어버리기나 하는 건지, 사건을 철저히 생각한답시고 비겁하게 망설이는 건지—생각을 네등분하면 반의반만 지혜고, 나머지는 비겁함으로 채워져 있어서겠지—내게는 복수해야 할 명분도, 의지도, 힘도, 수단도 모두 있는데 왜 〈해야지〉라고 말 만하며 사는지 모르겠다. 영토 다툼처럼흔한 사례도 나를 훈계하는구나. 대규모 군대를 이끌고 가는 저연약하고 여린 왕자는 야심이 하늘을 찌를 기세로 아직 일어나지않는 사건 따위는 알 바 아니라는 듯 죽을 수도 있고 확실치도 않은 것에 운명과 죽음, 위험을 모두 내걸었다. 고작 달걀 껍데기만한 땅이나 차지하려고. 진정으로 위대하다는 게 뭔가? 대단한 명분 없이는 미동조차 안 하는 게 아니라, 명예가 달린 한 지푸라기하나로도 싸울 거리를 찾아내는 것이다. 그런데 난 어떤가? 아버지가 살해되고 어머니가 욕보인 이곳에서 명분도 충분하고 피도 들끓지만 모두 잠재우고 있구나!

반면 부끄럽게도 내가 보고 있는 저 이만 명이나 되는 사람들은 닥쳐온 죽음도 아랑곳하지 않고, 명성이라는 환상과 허상을 향해 잠자리에 가듯 무덤으로 기어들어 가고 있지 않은가! 그 많은 병사가 진군해 명분을 위해 싸우기에도 비좁은, 전사자를 파묻기에도 좁아터진 저 땅뙈기를 위해 말이다. 이 시간부터 피비린내 나도록 생각하자. 흐지부지되지 않으려면!

· 제5장 ·

호레이쇼, 왕비, 신사 한 명이 입장한다.

왕비 그 애와 말하고 싶지 않소.

신사 그냥 갈 것 같지 않습니다. 제정신도 아니고, 안쓰럽기 짝이 없습니다.

왕비 하고 싶은 말이 뭐랍니까?

신사 아버지 얘기를 여러 번 하면서, 세상에는 속임수가 판친다고 들었다며 헛기침하고 가슴을 치고 괜히 지푸라기를 발로 차고 언뜻 들어서는 이해되지 않는 소리를 합니다. 의미 없는 말들 같으나 모호하게 전달해서 그런지 듣는 사람이 짜 맞춰보게 됩니다. 사람들은 자기들 생각에 맞춰 이리저리 단어를 꿰맞춰 보고, 그 애가 말하면서 하는 눈짓, 고갯짓, 몸짓을 통해 확실하진 않지만 뭔가 상당히 불행한 일이 있었다고 나름대로 추측하는 것 같습니다.

호레이쇼 그러다가 나쁜 생각을 품은 사람들이 위험한 억측을 퍼뜨릴지도 모르니 한번 만나서 얘기해보시는 게 좋을 것 같습니다.

왕비 불러들여라.

신하가 퇴장한다.

왕비 (방백) 죄로 인해 영혼이 병들다 보니 사소한 것들도 하나같이 다가올 재앙을 알리는 것만 같다. 죄짓고 나니 무턱대고 의심부터 들어 행여 틀어질까 조마조마한 마음에 만사 뒤틀리는구나.

오필리아가 등장한다.

오필리아 아름다운 덴마크 왕비님은 어디 계시나요?

왕비 오필리아, 무슨 일이냐?

오필리아 (노래한다)

〈그대의 진정한 사랑을

다른 사랑과 어떻게 구별할 수 있냐고요?

순례자의 모자와 지팡이,

샌들로 알지요.〉

왕비 저런, 애야, 노래 가사가 무슨 뜻이냐?

오필리아 무슨 말씀이세요? 아니, 잘 들어보세요. (노래한다)

〈그분은 돌아가셨네,

제4막 127

그분은 돌아가셨어.

머리맡엔 초록색 풀이

발밑엔 비석이 보이네.〉

아, 아!

왕비 아니, 오필리아.

오필리아 잘 들어보세요. (노래한다)

〈그분 수의는 산속 눈처럼 하얗지.〉

왕이 등장한다.

왕비 맙소사, 저걸 좀 보세요. 폐하.

오필리아 (노래한다)

〈향긋한 꽃들로 뒤덮이고,

진정한 사랑의 눈물로 젖은 채,

무덤으로 가시지는 않았죠.〉

왕 잘 지냈니, 귀여운 아가씨?

오필리아 네, 좋아요. 하나님이 보호하시길! 사람들이 그러는데 빵집 딸이 올빼미로 변한 거래요. 폐하, 우리는 오늘 일은 알지만, 앞날은 알지 못해요. 하나님이 식탁에 함께하시길.

왕 돌아가신 아버지 생각을 하나 보군.

오필리아 제발 이번 일은 아무 말 말아요. 하지만 무슨 뜻인지 물으면 이렇게 말씀하세요. (노래한다)

〈내일은 성 발렌타인 기념일.

그리고 난 아침 일찍 때맞춰

그대 창가에서 그대의 발렌타인이 되고자

기다리는 처녀.

그때 그대가 일어나 옷을 입고

방문을 열고 맞아들이지.

들어갈 땐 처녀였지만 나올 땐 아니었네.〉

왕 귀여운 오필리아!

오필리아 네, 욕은 하지 않을 거고요, 곧 끝나가요. (노래한다)

〈예수와 자비의 성자님,

아, 얼마나 부끄럽나요!

젊은 남자들은 기회만 되면 그 짓을 하겠죠.

하나님, 그들은 비난받아 마땅합니다.

여자가 말하길,

'나를 넘어뜨리기 전에

나와 결혼하기로 약속했잖아요.'

남자가 대답하길,

'저기 저 태양에 맹세코 그러려고 했었지.

그대가 내 침실로 들어오지 않았더라면.'〉

왕 저런지 얼마나 되었소?

오필리아 모든 게 잘되기를 바라요. 우리는 참아야만 해요. 하지만 사람들이 그분을 차디찬 땅바닥에 눕혔을 생각을 하니 눈물이 계속 나요. 오빠도 이 사실을 알게 되겠죠. 좋은 충고 감사드려요. 저기 제 마차가 와요! 잘 자요, 아가씨들. 안녕, 사랑스러운 아가씨들, 잘 자요, 잘 자.

오필리아가 퇴장한다.

왕 바짝 뒤쫓아 가서 잘 살펴보게. 부탁하네.

호레이쇼가 퇴장한다.

너무 깊은 슬픔이 마음에 독이 되었구나. 이 모든 게 아버지의 죽음으로 생긴 일이다. 그녀를 지켜보거라. 오, 거트루드, 거트루드, 슬픔이 찾아오면 하나씩 찾아오는 게 아니라 무더기로 찾아오는구려. 처음에 그녀 아버지가 살해되고, 그 사람 다음엔 그런 흉측한 일을 저지른 대가로 그대 아들이 떠나야 하고. 사람들 사이에서 폴로니우스 죽음을 두고 혼탁한 음모론이 나돌고 뒷말들이 많소. 게다가 어리석게도 그를 비밀리에 매장하고 말았소. 불쌍한 오필리아는 분별력을 잃어버렸지. 분별력 없으면 생긴 것만 사람이지 짐승과 다를 게 뭐겠소. 설상가상으로 오필리아 오라비가 프랑스에서 비밀리에 귀국했다 하오. 의구심을 가득 품고 은밀히 움직이며 아버지의 죽음에 관한 온갖 사악한 소문을 퍼뜨리는 사람들 말을 죄다 주워 담고 있소. 사망 경위를 정확히 아는 사람이 없으니 필시 나를 지목하며 비방하는 소문이 이리저리 떠돌고 있을 터, 오 거트루드, 마치 여러 곳에서 나를 저격해 내가 여러 번 죽음을 맞이하는 것만 같소.

무대 뒤가 시끄럽다.

왕비 아니, 이게 무슨 난리지?

왕 스위스 호위병들은 어디 있느냐? 가서 문을 지키라 하라.

사신이 입장한다.

무슨 일인가?

사신 어서 안전한 곳으로 몸을 피하십시오, 폐하. 집채만 한 파도가 저지대를 다 삼켜버릴 기세로 몰아친대도 레어티스만큼 거세진 않을 것입니다. 그가 지금 폭도들을 이끌고 선봉에 서서 폐하의 군관을 제압하며 여기로 향하고 있습니다. 폭도들은 그를 왕이라 부르고 마치 새로운 세상이 열리기라도 한 듯 모든 행동의 토대가 되는 전통과 관습은 깡그리 잊은 채 공중에 모자를 던지며 손뼉 치며 떠나갈 듯 소리치고 있습니다. 〈레어티스를 왕으로! 레어티스 왕 만세!〉라면서요.

왕비 엉뚱한 사냥감을 쫓으며 짖어대는 꼴이라니! 상대를 잘못 봤다, 불충스러운 덴마크 개들아!

무대 뒤에서 소음이 들린다.

왕 기어이 문을 부수는군.

레어티스가 추종자들과 입장한다.

레어티스 왕은 어디 있느냐?

여러분, 모두 밖에서 기다려주시오.

추종자들 아니, 우리도 들어가게 해주시오!

레어티스 부탁이요, 잠시 시간을 주시오.

추종자들 그러겠소.

추종자들이 퇴장한다.

레어티스 고맙소, 문을 지키시오.

이 사악한 왕 같으니! 내 아버지를 돌려놔라!

왕비 레어티스, 진정하거라.

레어티스 내 몸에 흐르는 피가 단 한 방울이라도 진정한다면, 그건 친부가 아니란 뜻이니 난 사생아요, 내 아버지는 오쟁이 진 남편이고, 내 순결한 어머니 이마에 창녀라는 낙인을 찍으란 소리겠지.

왕 레어티스, 반역이라도 일으킬 셈이냐? 어째서 이리 길길이 날뛰는 것이냐?

그냥 두시오, 거트루드. 과인은 걱정하지 마시오. 왕 주변에는 신이 쳐놓은 울타리가 있어 반역자들도 엿보기만 할 뿐 맘대로 행동하지는 못한다오.

말해보아라, 레어티스. 왜 그리 화가 났느냐?

거트루드, 그냥 두시오.

남자답게 말해보아라.

레어티스 내 아버지는 어디 계신가?

왕 돌아가셨다.

왕비 하지만 폐하가 그런 게 아니야.

왕 맘껏 물어보게 둡시다.

레어티스 어떻게 돌아가셨소? 허튼수작 마시오. 충성 따위는 지옥으로! 맹세는 저승사자한테! 양심도 은총도 깊은 구덩이로! 난 두려울 게 없소. 맹세하니 이 세상에서나 저 세상에서나 무슨 일이 내게 닥치든 내 아버지를 살해한 자에게 철저히 복수하고 말 것이오.

왕 누가 너를 막겠는가?

레어티스 나 말고는 세상 누구도 못 막지. 그리고 내 모든 수단을 동원해서 힘에 부치더라도 조금씩 끝까지 해낼 것이오.

왕 레어티스, 네 사랑하는 아버지의 죽음에 관한 진실을 그토록 알고 싶다면서 네 복수 노트에는 친구고, 적이고, 승자고, 패자고 모두 무차별적으로 쓸어버리라고 쓰여 있더냐?

레어티스 적에게만 복수할 것이오.

왕 그렇다면 적이 누군지 알고 싶냐?

레어티스 아버지의 좋은 벗들이라면 제 살과 피로 새끼를 먹여 살리는 펠리컨처럼 내 두 팔을 벌려 내 피를 대접하지.

왕 이제야 효자요, 진정한 신사처럼 말하는구먼. 내가 자네 아버지의 죽음과 관련해 결백하고 누구보다 비탄에 빠져 있다는 사실은 자네 눈에 명명백백히 드러날 것이네.

무대 밖에서 소란. 오필리아의 노랫소리가 들린다.

그녀를 안으로 들이라.

레어티스 대체 저게 무슨 소리지?

오필리아가 등장한다.

아 열기여, 내 뇌를 말려다오! 일곱 배나 짠 눈물로 내 눈의 시력을 태워버려라! 하늘에 맹세코 네 광기는 저울대가 기울만큼 배로 갚아주마. 오, 오월의 장미여! 사랑스러운 처녀, 다정한 누이, 귀여운 오필리아! 오, 하늘이여, 젊은 처녀의 정신이 늙은이의 목숨처럼 파리해질 수 있습니까? 사랑하면 심성이 고와지고, 심성이 고운 사람은 그 귀한 심성 일부를 사랑하는 사람에게 사랑의 징표로 딸려 보낸다더니.

오필리아 (노래한다)

〈상여 위에 맨얼굴 그대로 그분을 놓았고
무덤엔 눈물이 비처럼 흘러내렸네.〉

잘 가요, 나의 비둘기.

레어티스 네가 맨정신에 복수해달라고 설득해도 이처럼 내 마음을 움직이지는 못했을 거야.

오필리아 〈내려가라, 내려가〉라고 하고 또 〈그분을 내려가게 하세요〉라고 해야죠. 후렴이 정말 잘 들어맞아요! 집사 행세를 해온 자가 주인댁 따님을 훔쳤답니다.

레어티스 말도 안 되는 소리가 더 말이 되는구나.

오필리아 로즈마리에요. 기억해달라는 거예요. 제발, 내 사랑, 기억해줘요. 그리고 여기 팬지, 이건 생각해달라는 꽃이죠.

레어티스 미쳐도 뜻은 통하는구나. 생각해야 기억하지.

오필리아 이 회향꽃과 매발톱꽃은 당신 것, 이건 그대를 위한 운향, 내 꽃도 좀 챙기고요, 주일의 은혜라고들 부르죠. 당신은 운향을 남달리 꽂아야죠. 이건 데이지. 바이올렛도 좀 주려고했지만, 아버지 돌아가실 때 죄다 시들어버렸어요. 사람들이 아버지의 마지막이 좋았대요. (노래한다)

〈귀여운 로빈이 내 기쁨의 전부니까.〉

레어티스 번민과 고통, 수난과 지옥 자체도 넌 멋있게, 아름답게 바꿔놓는구나.

오필리아 (노래한다)

〈그분은 다시 안 오실까?

그분은 다시 안 오실까?

아니, 아니, 그분은 영영 가셨어.

무덤에 묻히셨어.

그분은 다시는 못 오셔.

그분 수염은 눈처럼 하얗고

머리는 삼베처럼 하얗지.

그분은 가셨어, 그분은 가셨어.

우리만 남아 애도하지.

그분 영혼에 신의 자비가 깃들길.〉

모든 기독교인의 영혼에도 하나님의 은총이 함께하길 기도합니다.

오필리아가 퇴장한다.

레어티스 오 하나님, 보셨나요?

왕 레어티스, 자네 슬픔을 내게 덜어주게, 안 그런다면 자네가 내 권리를 부인하는 걸세. 가서 가장 현명한 자네 친구들을 골라 데려와 그들더러 우리 말을 듣고 판단하라고 해보세. 그들이 자네 아버지의 죽음에 내가 직간접적으로 관여되어 있다고 한다면, 난 왕국이고, 왕관이고, 목숨이고 자네가 요구하는 내 모든 것을 주겠네. 하지만 그게 아니라면 그때는 진정하고 함께 노력하여 자네 영혼이 흡족할 만한 방도를 찾아보세.

레어티스 그렇게 하죠. 아버지가 어떻게 돌아가셨는지, 장례는 왜 이리 허접한지. 아버지 유골 위에 문장도, 유품도, 검도 없고, 격식을 갖춘 의례도, 공식적인 장례 행렬도 없이 서둘러 장례를 치러 억울하다는 함성이 하늘에서 땅까지 울려 퍼지니 난 이 의혹을 반드시 밝혀내겠소.

왕 그렇게 하여라. 그리고 범행이 있는 곳에 정의의 도끼를 내리치게 해야지. 자, 나와 함께 가거나.

모두 퇴장한다.

· 제6장 ·

호레이쇼와 다른 사람들이 등장한다.

호레이쇼 나를 찾는 사람들이 누구지?

신하 선원들입니다. 선생님께 전해드릴 서신이 있다는군요.

호레이쇼 선원들을 안으로 들이시오.

신하가 퇴장한다.

나한테 편지를 보낼 사람이 세상에 햄릿 왕자님 말고 또 누가 있겠는가.

선원들이 등장한다.

선원 안녕하십니까?

호레이쇼 안녕하시오?

선원 네, 덕분에요. 선생님 앞으로 온 편지입니다. 영국행 배에 오른 대사님이 보낸 편지인데, 선생님이 호레이쇼 님이라고 들었는데 맞으시죠? (호레이쇼에게 편지를 건넨다)

호레이쇼 (편지를 읽는다) 〈호레이쇼, 이 편지를 읽고 나서 이 친구들이 왕을 알현할 수 있게 해주게. 이들이 왕에게 쓴 편지를 가지고 갈 걸세. 출항한 지 채 이틀도 안 돼서 무장한 해적선이 우리를 뒤쫓아 왔다네. 우리 배가 너무 느려서 따라잡힐 수밖에 없다는 것을 알고는, 싸울 수밖에 없었지. 그러다 교전 중에 난 해적선에 올라탔지. 그 순간 해적들이 우리 배를 따돌리는 바람에 나 홀로 그들의 인질이 되었다네. 그들은 같은 편이기라도 한 듯 내게 잘해줬지만 뭐 다 원하는 것을 얻기 위해서였겠지. 이제 내가 보답할 차례네. 내가 보낸 이 편지를 왕이 받을 수 있게 해주게. 그리고 자네는 죽음에서 줄행랑치듯 빨리 내게 와주게. 해줄 얘기가 있는데 내 말 폭탄을 듣고 나면 고막이 얼얼할 걸세. 그래봤자 무시무시한 대포 구경□經에 비하면 너무 가벼운 폭탄에 불과하지만. 이 편지를 들고 간 친구들이 내가 있는 곳으로 자네를 안내할 걸세. 로젠크란츠와 길던스턴은 영국으로 항해를 이어갔네. 그들에 대해서도 할 말이 많네. 잘 있게. 자네가 아는 자네의 친구, 햄릿으로부터.〉

자, 자네들은 가능한 한 빨리 이 편지를 왕에게 전달하고 나서 나를 그 편지를 보낸 분한테 데려다주게.

모두 퇴장한다.

· 제7장 ·

왕과 레어티스가 등장한다.

왕 이제 자네 아버지를 죽인 자가 실제로는 내 목숨을 노렸다는 것을 자네 두 귀로 똑똑히 듣고 알게 되었으니 내 결백을 인정하고 나를 자네 마음속에 동지로 받아들여야 할 것이야.

레어티스 그래 보이는군요. 하지만 죄질로 볼 때 사형으로 다스려야 마땅한 이런 잔악한 범죄를 두고 재판을 진행하지 않았던 이유를 설명해주시지요. 폐하의 안전으로 보나, 지위로 보나, 지혜로 보나, 그 밖에도 여러모로 절대 그냥 넘어가실 수 없었을 텐데요.

왕 두 가지 특별한 이유가 있지. 자네에게는 하잘것없어 보일지는 몰라도 내게는 중요한 이유라네. 우선 햄릿의 어머니, 왕비가 모정이 어찌나 강한지 아들 하나 보고 산다네. 그리고 그게 덕인지 독인지는 몰라도 왕비는 내 영혼과 생명과 끈끈히 엮여 있어, 마치 행성이 궤도를 벗어날 수 없듯이 나는 그녀 없이는 살아갈 수 없다네. 다른 이유는 백성들이 햄릿을 지지하고 있어서 그를 공공 법정에 세울 수가 없지. 마치 나무를 돌로 바꾸는 샘물처럼 그들은 햄릿의 모든 허물조차 애정의 샘물에 담가 그가 포승줄에 묶인 죄인의 모습으로 나타나도 고귀한 희생자로 둔갑시킬 걸세. 내가 쏜 화살은 너무 가벼워 대중이 일으키는 그런 강풍을 뚫고 나가지 못하고 결국 내게 돌아와 나에게 상처를 남길 걸세.

　레어티스 그래서 나는 귀한 아버지를 잃었고 내 누이는 실성하고 말았군요. 내 누이…… 예전으로 돌아가 내가 그 모습을 칭송할 수 있다면 세상 그 누구보다 완벽한 여자였는데…… 하지만 난 복수에 돌입할 것입니다.

　왕 그렇다고 잠을 설치지는 말게. 위험한 자가 내 수염을 뽑아 대는 것을 보고만 있다고 해서 내가 그걸 놀이쯤으로 치부하는 건 아니네. 나를 그렇게 아둔하고 무른 노인네로 보면 안 되네. 곧 내 계획에 대해 더 많이 듣게 될 걸세. 난 자네 아버지를 좋아했고 나 자신도 좋아한다네. 그래서 바라건대 자네가 볼 수 있도록 돕고…….

편지를 들고 사신이 등장한다.

　무슨 일이지? 무슨 소식을 들고 왔나?
　사신 폐하, 햄릿 왕자께서 보낸 편지입니다. 이것은 폐하께, 이것은 왕비 마마께 드리는 편지입니다.

왕에게 편지를 건넨다.

왕 햄릿이 보냈다고? 누가 가져왔는가?

사신 선원들이라고 들었습니다. 직접 보지는 못했습니다. 클로디오가 제게 편지를 주었고 그는 이 편지를 들고 온 선원 중 한 명에게 받았다고 합니다.

왕 레어티스, 편지에 뭐라고 쓰였는지 함께 보지.

이제 가봐도 좋다.

사신이 퇴장한다.

(읽는다) 〈폐하, 폐하의 왕국에 몸만 돌아오게 되었습니다. 내일 폐하를 알현할 수 있도록 허락해주십시오. 뵙고 용서를 구한 다음 제가 어떻게 이렇게 갑작스럽고 생뚱맞게 덴마크로 돌아오게 되었는지 말씀드리겠습니다. 햄릿.〉

이게 무슨 소리지? 함께 갔던 이들도 모두 돌아온다는 건가? 아니면 없는 말 지어내는 건가? 대체 무슨 꿍꿍이지?

레어티스 필체를 알아볼 수 있겠습니까?

왕 햄릿의 필체가 맞네. 그런데 〈몸만〉이라니? 그리고 여기 추신에는 〈홀로〉라고 덧붙였구먼. 자네는 어떻게 생각하나?

레어티스 무슨 영문인지는 저도 잘 모르겠습니다. 하지만 올 테면 오라죠. 그의 낯짝을 빤히 보며 〈네가 한 짓을 봐라〉라고 말할 생각에 상처받은 가슴에 온기가 퍼지는 것 같습니다.

왕 정말 편지대로 그가 돌아온다면, 레어티스……

아니 그런데 어떻게 이런 일이 생기지? 그 반대가 아니라…….

자네는 내 말대로 할 건가?

레어티스 네, 폐하, 저한테 진정하라고 강요하실 생각이 아니라면요.

왕 해결된 게 없는데, 진정이 되겠나. 햄릿이 항해를 관두고 돌아와 다시 나갈 생각이 없다면야 내게도 다른 방법이 있지. 그가 걸려들지 않고는 못 배길 기막힌 묘안이 막 떠올랐네. 이 계획대로라면 그가 죽더라도 비난받을 일은 없을 거야. 자기 어미조차 사고사로 볼 걸세.

레어티스 폐하 이끄는 대로 따를 것입니다. 폐하가 계책을 짜시면 제가 자객이 되어드리지요.

왕 그게 좋겠어. 자네가 떠나고 난 후 유독 자네의 한 가지 재능에 대한 말이 많더군. 그 덕에 자네가 빛난다는 말은 햄릿 귀에도 들어갔을 거야. 자네의 다른 재능들을 모두 합한대도 그것만큼 햄릿의 시기심을 사지는 못했을 걸세. 내게는 자네의 다른 재능들이 훨씬 더 중요해 보이지만.

레어티스 무슨 재능을 말씀하시는 건가요?

왕 젊은이 모자 위를 장식한 리본 같은 재능이지. 하지만 쓸모는 있어. 젊은이에게는 가볍고 그저 활기 넘쳐 보이는 의상이 잘 어울리니까. 나이 든 사람에게는 흑담비 모피나 어두운 정장이 건재함과 진중함을 보여주는 것처럼 말이지. 두 달 전에 노르망디에서 온 신사를 만났네. 나는 프랑스인이 말을 잘 탄다는 것을 직접 보기도 하고 대적해보기도 한 터라 익히 알고 있네만, 그자의 기술은 거의 마법에 가깝더구먼. 안장에 딱 달라붙어서 어찌나 현란하게 말을 타던지 그 용맹한 짐승과 한 몸이라도 된 것 같았네. 내 생각을 뛰어넘는 기술을 선보여서 그런지 그가 했던 기술을 머리로 아무리 재현해보려 해도 여태껏 잘 그려지지도 않더군.

레어티스 노르망디 출신이라고요?

왕 그렇다네.

레어티스 내가 아는 한 라모르가 틀림없어요!

왕 그자였네.

레어티스 그자를 잘 압니다. 그는 정말이지 프랑스의 국보급 존재에요.

왕 그가 자네 얘기를 꺼내면서 자네의 방어술과 역량도 뛰어나고 특히 세장검을 다루는 솜씨가 보통이 아니라고 칭찬하더군. 자네와 맞설 상대가 있다면 아주 볼만한 구경거리가 될 거라고 하더라고. 자네가 프랑스 검객들을 상대한다면 그들은 공격과 방어는커녕, 눈을 똑바로 보지도 못할 거라고 호언장담하더군. 이런 말을 들은 햄릿이 너무 시기심이 든 나머지 그저 자네가 돌아와서 겨뤄볼 날만 손꼽아 기다린다고 말했다네. 그러니까 내 말은⋯⋯.

레어티스 무슨 말씀을 하시려는 겁니까?

왕 레어티스, 자네는 아버지를 진정 사랑했나? 아니면 마음은 없으면서 얼굴로만 그저 슬픈 척 연기하는 겐가?

레어티스 어떻게 그런 말씀을 하실 수 있죠?

왕 자네가 아버지를 사랑하지 않았다고 생각해서가 아니야. 사랑이라는 것도 다 때맞춰 시작되었다가 시간이 지나면서 사랑의 불꽃이 약해지는 것을 무수히 봐왔기 때문이야. 사랑을 불타오르게 하는 사랑의 양초 안에는 심지도 있고 검댕도 있어서 수명을 다하고 나면 모두 다 타고 사라지지. 어떤 것도 한결같이 좋은 상태만 유지할 수는 없는 법이네. 좋은 것이라도 너무 과하게 취하다 보면 감당하지 못할 양에 압도당해 제풀에 꺾이고 마네. 그러니 우리가 하려던 것은 우리가 하려고 마음먹었을 때 해야만 한다네. 시간이 지나면서 말도 많고, 방해꾼도 많고, 예상 못 한 일들도 터지는 만큼 〈하려던 마음〉도 변하고, 점차 사그라들고, 한없이 늦춰지거든. 그러다 보면 〈해야 할 일〉을 하지 못하니 한숨을 연거푸 내쉰들 마음만 더 답답해진다네. 아무튼 문제의 핵심으로 돌아가면, 햄릿이 돌아오네. 이 시점에서 자네가 자네 아버지의 아들이라는 것을 말뿐이 아닌 몸소 행동으로 보여주기 위해 할 일은 무엇이겠나?

레어티스 그놈이 예배당에 있대도 기어이 목을 베겠습니다.

왕 암, 어디든 살인자를 보호하는 성역이 되어서는 안 되지. 또 복수란 장소를 가리지 않는 법. 하지만 레어티스, 이렇게 해보게. 두문불출하지 말고 일단 방에만 머물러 있게. 햄릿이 돌아오면 그는 자네의 귀국도 알게 될 거야. 내 사람들에게 자네의 뛰어난 무술을 칭찬하게 하고 프랑스인이 칭찬한 것까지 보태 자네의 뛰어난 기량을 한껏 빛나게 하겠네. 그런 다음 자네와 맞붙게 하고 내기를 거는 거지. 햄릿은 부주의하고, 원만하고, 술수 같은 것과는 거리가 멀어서 칼을 미리 꼼꼼히 살펴보지 않을 걸세. 그러니 자네는 쉽게 혹은 약간의 속임수를 써서, 날카로운 칼을 선택하여 경기 중에 자네 아버지를 위해 복수할 수 있을 걸세.

레어티스 그렇게 하겠습니다. 그리고 복수를 위해 예전에 약장수한테 샀던 연고를 제 칼에 바르겠습니다. 거기엔 맹독 성분이 있어 칼끝에 적셔 그 칼로 피를 내면 달빛 아래 온갖 귀한 약재를 추출해서 만든 세상 그 어떤 해독제로도 상처 난 생명을 죽음으로부터 구해낼 수 없답니다. 그 연고를 바른 칼끝에 살짝만 스쳐도 그는 죽음을 면치 못할 것입니다.

왕 이 일에 대해 좀 더 생각해보지. 우리가 원하는 결과를 낼 수 있을 만한 적절한 때와 최적의 수단도 검토해보자고. 어설프게 처리하다가 실패라도 하여 우리 계책이 만천하에 드러난다면 차라리 시도하지 않는 편이 나을 걸세. 그러니 첫 번째 시도에서 실패하더라도 이를 만회할 수 있는 후속 조치도 마련해야 하네. 음, 어디 보자. 자네들 결투에 내기를 걸어 승부욕을 자극하고…… 바로 이거야! 공격하다 보면 덥고 목이 마를 거야. 그렇게 되도록 더욱 격렬하게 경기를 이끌게. 그래서 그 녀석이 마실 것을 찾으면 미리 준비한 독배를 건네고, 그가 한 모금 마시면 설사 자네 독검을 피한다고 하더라도 우리는 원하는 목적을 거머쥘 수 있을 걸세. 그런데 이게 무슨 소란이지?

왕비가 등장한다.

왕비 슬픈 소식이 꼬리에 꼬리를 무는구나. 레어티스, 네 동생이 익사했단다.

레어티스 익사라고요? 오, 어디서요?

왕비 버드나무 한 그루가 개울 쪽으로 비스듬히 자라 맑은 개울

물에 그 하얀 잎들이 넘실넘실 반짝이는 곳이란다. 오필리아가 거기서 미나리아재비, 쐐기풀, 데이지, 자유분방한 목동들은 상스러운 이름으로 부르지만 순수한 소녀들은 〈망자의 손가락〉이라고 부르는 자주색 꽃들로 근사한 화환을 만들었단다. 그러다 버드나무의 늘어진 가지에 화환을 걸려고 나무에 오르다가 그만 나뭇가지가 부러지며 오필리아도 화환도 흐르는 개울로 떨어지고 말았지. 인어처럼 옷이 개울물에 활짝 펼쳐지며 한동안 그 애를 떠받쳤고, 그러는 동안에도 그 애는 슬픔일랑 모르는 것처럼, 아니면 물에서 나서 물에서 지낸 것처럼 옛노래를 흥얼거리고 있었다더구나. 하지만 얼마 안 가 옷이 흠뻑 젖으면서 개울이 노랫소리를 삼키며 가엾은 아이를 암흑 같은 죽음으로 끌고 들어갔지.

레어티스 아, 그렇게 동생마저 물에 빠져 죽다니.

왕비 물에서 헤어 나오지 못했어. 그렇게 안타깝게 가버렸어.

레어티스 불쌍한 오필리아, 넌 이미 물을 너무 많이 먹었으니, 나라도 눈물을 보태지 않으련다. 하지만 눈물은 맘대로 안되는구나. 제아무리 우는 것을 창피하게 여긴대도 저절로 나오는 걸 어쩌겠니. (운다) 이 눈물을 다 쏟아내고 나면 나약한 여자 같은 모습도 내버릴 거다.

안녕히 계세요, 폐하. 마음 같아서는 불같은 말들을 뿜어내고 싶지만, 어리석은 눈물이 다 삼켜버리는군요.

레어티스가 퇴장한다.

왕 거트루드, 우리도 뒤따릅시다. 내가 그의 화를 누그러뜨리느라 얼마나 애썼는데! 이 일로 그가 다시 분노에 사로잡힐까 두렵구려. 그러니 얼른 따라갑시다.

모두 퇴장한다.

제5막

· 제1장 ·

파묘꾼 두 명이 등장한다.

파묘꾼 1 스스로 목숨을 끊은 여자라면서 뭔 놈의 기독교 장례 절차에 따라 매장한다는 거야?

파묘꾼 2 내 말이 그렇다니까. 바로 묏자리부터 만들지. 검시관이 조사하고는 기독교 장례로 진행하라고 했다네그려.

파묘꾼 1 그게 말이나 되는 소리야? 자기를 방어하려고 물에 빠지기라도 했다는 거야, 뭐야?

파묘꾼 2 그렇다는데.

파묘꾼 1 자기를 공격하려고 했다면 모를까 다른 이유로는 말이 안 되지. 요지는 이거야. 고의로 물에 빠졌다면, 그렇다면 그건 행동이지. 행동은 또 세 가지, 행하고, 동하고, 수행하는 것으로 구성되지. 따라서 그녀는 고의로 물에 빠졌던 거야.

파묘꾼 2 뭐라는 거야, 내 말 좀 들어봐.

파묘꾼 1 내 말 마저 하고. 여기 물이 있어. 그리고 여기 사람이 서 있어. 알겠나? 사람이 물로 들어가서 스스로 빠져 죽는다면, 네가 좋든 싫든, 그 사람은 그 행동을 한 거지. 알겠어? 하지만 물이 사람에게 다가와 그를 집어삼킨다면 그는 스스로 물에 **빠져 죽은** 게 아니야. 따라서 자신의 죽음에 무죄인 그는 스스로 명을 단축한 게 아니라는 말씀.

파묘꾼 2 이게 법이냐?

파묘꾼 1 그래. 이런 게 검시관의 검시법이지.

파묘꾼 2 진실을 알고 싶어? 그 여자가 귀족 자제가 아니었다면 기독교 장례는 어림없지.

파묘꾼 1 그러게, 내 말이. 암튼 귀족들은 기독교인들보다 익사하기도 쉽고 목매달기도 더 쉽다니까. 삽이나 주게. 귀족의 원조는 누가 뭐래도 정원사요, 도랑 파는 사람이요, 파묘꾼이었는데. 그들이야말로 아담의 직업을 이어온 후예들 아니겠어?

파묘꾼 2 아담이 귀족이었다고?

파묘꾼 1 팔에 문장, 무기까지 갖춘 최초의 사람이었잖나.

파묘꾼 2 갖추긴 뭘 갖춰. 빈털터리였지.

파묘꾼 1 큰일 날 소리, 기독교인 아냐? 성경 몰라? 아담이 땅을 팠다고 성경에도 나와 있어. 팔도 없이 땅을 팠겠나? 다른 질문 하나 하지. 이 질문에도 대답 못 하면 고해성사하게나.

파묘꾼 2 해보게!

파묘꾼 1 석공, 조선공, 목수보다 더 튼튼한 것을 만들 사람이 누구일 것 같나?

파묘꾼 2 그야 교수대 만드는 사람이지. 교수대 틀은 천 명이나 매달렸어도 끄떡없다니까.

파묘꾼 1 재치 있구먼, 인정하네. 교수대는 좋은 일을 하지, 그런데 어떻게 좋은 일을 하는지 아나? 나쁜 짓을 하는 이들한테 좋은 일을 한다네. 그런데 교수대가 교회보다 더 튼튼하게 지어졌다고 말하다니 자네가 나빴네. 따라서 교수형감이네그려. 자, 다시 맞춰 보게.

    파묘꾼 2 석공, 조선공, 목수보다 더 튼튼한 것을 만들 사람이 누구일 것 같냐고?

    파묘꾼 1 그래, 정답을 말하면 오늘 하루 쉬어도 좋아.

    파묘꾼 2 정말? 이제 말하네!

    파묘꾼 1 해보게.

    파묘꾼 2 이런, 말문이 막히네.

    파묘꾼 1 머리 그만 쥐어짜게. 둔한 머리를 친다고 해서 팍팍 돌아가겠는가. 다음번에 누군가 이 문제를 자네한테 내면 〈파묘꾼〉이라고 답하게. 그가 만든 죽은 자의 집이야말로 최후의 심판일까지 끄떡없이 버틸 거라네. 자, 가서 술 좀 내오게.

파묘꾼 2가 퇴장한다.

(무덤을 파며 노래한다)
〈젊은 시절 사랑하고 사랑했을 때,
정말로 달콤하다 생각했지.
아, 내 맘대로 시간을 보내며
오, 대적할 그 무엇도 없다고 생각했지.〉

햄릿과 호레이쇼가 멀리서 등장한다.

햄릿 저 친구는 자기 일이 얼마나 엄숙한 일인지 모르나? 무덤을 파면서 노래를 부르다니.

호레이쇼 저 일도 계속하다 보면 맘 편히 할 수 있게 되겠죠.

햄릿 그건 그렇지. 놀고 있는 손이 더 예민한 법이지.

파묘꾼 1 (노래한다)

〈하지만 노년이 슬금슬금 다가오더니

발톱으로 단단히 움켜잡고

땅속으로 나를 실어 날랐네.

그 시절은 없었던 것처럼〉

해골을 들어 던진다.

햄릿 저 해골도 혀가 있었으니 한때 노래 부를 수 있었겠지. 지금이야 저 바보 같은 자가 마치 인류 최초로 살인을 저지른 카인의 턱뼈라도 된 양 땅바닥에 내동댕이치고 있구먼! 어쩌면 번드르르한 말로 하나님마저 구슬리는 정략가의 머리였는지도 모르지. 지금은 이 바보한테 움켜잡혀 있지만. 안 그런가?

호레이쇼 그럴듯한데요.

햄릿 아니면 공신이었는지도 몰라. 〈폐하, 안녕히 주무세요!〉, 〈폐하, 기분은 어떠신가요?〉라고 비위 맞추며 아첨을 쭉 늘어놨겠지. 어쩌면 아무개 경의 말을 빌리고 싶어서 아무개 경의 말을 입에 침이 마르게 칭찬하던 아무개 경의 해골이었는지도 모르지. 안 그런가?

호레이쇼 아무렴요, 왕자님.

햄릿 그래, 그렇대도 이제는 구더기 부인의 차지가 되어버렸군. 아래턱은 나가떨어지고, 정수리는 삽질에 얻어터지고. 그의 운명이 이리 바뀔지 우리나 보고 알지. 이 뼈다귀들도 살아생전에 키우느라 한밑천 들었을 텐데 이제 던지는 용도로 전락했구먼. 내 앞날을 생각하니 뼈가 다 쑤시는구먼.

파묘꾼 1 (노래한다)

〈곡괭이질하고 삽질하고, 또 삽질하고

수의 한 벌 놓을 자리 마련하고

흙구덩이 파내고 다져서

손님 맞이할 준비를 하자.〉

해골을 또 하나 던진다.

햄릿 또 던지네. 음, 저건 변호사의 해골이려나? 입에 달고 다니던 궤변과 소송, 토지 소유권과 속임수는 다 어디로 갔나? 어째서 저런 무례한 얼간이가 조롱하며 더러운 삽으로 그대 머리통을 쳐대는데도 폭행죄 운운하지 않고 참고만 있나? 흠! 이 친구는 살아생전에 자신의 법령과 양도증서, 과징금, 연대보증, 반환금 등을 들먹이며 땅깨나 사들였을지도 모르지. 과징금과 반환금 죄다 긁어모아 땅 투기하더니 머리통마저 고운 흙으로 양껏 채운 건가? 보증인들 불러 모아 연대보증까지 한 땅이 고작 땅문서 두 장 펼쳐놓은 길이와 너비에 지나지 않는다는 말이야? 땅문서만 겨우 그의 관에 들어가겠구먼, 그 대단하신 땅 부자 양반 차지가 겨우 이 관 크기만 한 땅뿐이라는 건가?

호레이쇼 딱 그만큼이죠.

햄릿 법적 서류는 양피지로 만들지 않나?

호레이쇼 네, 송아지 가죽으로도 만듭니다.

햄릿 그런 걸로 소유권이 보장되기를 바라는 사람들은 양이나 소나 다름없네. 난 이 친구와 얘기해보겠네.

실례지만, 이건 누구 무덤이오?

파묘꾼 1 내 것이랍니다. (노래한다)

〈흙구덩이 파내고 다져서

손님 맞이할 준비를 하자.〉

햄릿 내 생각에도 댁의 것 같소. 거기 그렇게 누워 있으니.

파묘꾼 1 선생은 무덤 밖에 있으니 선생 것은 아니지요. 나로 말할 것 같으면 그 안에 누워 있진 않지만 그건 내 것이지요.

햄릿 댁은 그 안에서 그게 본인 것이라고 거짓말하고 있소. 그것은 죽은 자의 것이지, 산 자의 것이 아니오. 따라서 댁은 거짓말을 하고 있구려.

파묘꾼 1 거짓말이 살아서 선생한테로 옮겨붙었네요.

햄릿 어떤 남자 무덤을 파고 있소?

파묘꾼 1 남자 것이 아니지요.

햄릿 그럼 어떤 여자 거요?

파묘꾼 1 여자 것도 아니지요.

햄릿 누가 그 안에 매장되오?

파묘꾼 1 한때 여자였던 자요. 하지만 지금은 죽었으니 애도합시다.

햄릿 저자의 말주변이 기막히구나! 나침반지침면을 보고 똑바로 말하든지 해야지, 얼버무렸다가는 저자의 말장난에 놀아나겠어. 호레이쇼, 지난 삼 년 내가 깨달은 게 있어. 시대가 점점 까다로워 진다네. 촌뜨기들도 어찌나 궁신 뒤에 바짝 다가서서 걷는지 궁신들 발꿈치가 다 쓸릴 지경이더구먼.

무덤 파는 일을 한 지는 얼마나 오래되었소?

파묘꾼 1 많고 많은 날 중에서도 햄릿 선왕이 포틴브라스를 대파한 딱 그날부터 이 일을 시작했소이다.

햄릿 그게 언제라는 거요?

파묘꾼 1 그것도 모르시오? 지나가는 바보도 다 아는 것을. 햄릿 왕자가 태어난 바로 그날이지요. 하지만 지금은 미쳤고, 영국으로 보냈답디다.

햄릿 그래요? 왜 영국으로 보냈답니까?

파묘꾼 1 그야 미쳤으니까요. 거기서 정신을 되찾든지 설령 그렇지 못한대도 영국에서는 문제가 될 게 없소이다.

햄릿 그건 왜요?

파묘꾼 1 거기서는 티도 안 날 테니까요. 거기 사람들은 모두 그만큼 미쳤다고 합디다.

햄릿 왕자는 어떻게 미쳤대요?

파묘꾼 1 아주 딴사람이 되었다고들 하더라고요.

햄릿 어떤 〈딴사람〉이요?

파묘꾼 1 정신줄마저 놓았다 그럽디다.

햄릿 무슨 근거로?

파묘꾼 1 여기 덴마크가 근거지라지요. 난 어릴 적부터 지금껏 삼십 년 동안 여기서 묘지기를 했답니다.

햄릿 얼마나 여기 누워 있어야 썩기 시작하오?

파묘꾼 1 음, 죽기 전부터 썩은 게 아니라면. 아, 요즘에는 무덤에 눕기도 전부터 마마 자국에다 썩어 들어오는 시체가 많지요. 그런 게 아니라면 팔, 구 년은 걸리죠. 무두장이들은 구 년은 족히 걸린 답니다.

햄릿 왜 그들은 더 오래 걸리오?

파묘꾼 1 그야 직업이 가죽 다루는 직업인지라 피부에 무두질을 해놔서 그런지 오랫동안 방수된답니다. 물이 썩을 놈의 송장을 썩 히는데, 일등 공신인 건 알 테고 (해골을 가리키며) 여기 이 해골은 이 십삼 년 동안 땅에 묻혀 있었지요.

햄릿 누구 거요?

파묘꾼 1 미친 개자식이요. 누구 것일 것 같습니까?

햄릿 모르겠소.

파묘꾼 1 미친 악당, 저주나 받아라! 라인산 와인을 병째 내 머리 통에 들이부었던 작자지요. 이 해골은 왕이 부리던 어릿광대, 요릭 것이랍니다.

햄릿 이게?

파묘꾼 1 그렇지요.

햄릿 (해골을 들며) 어디 보자. 저런, 불쌍한 요릭! 호레이쇼, 내가 그를 아는데 농담 하나는 끝내주고 상상력도 풍부한 친구였지. 나 를 천 번쯤 업어주었는데 이제는 꿈에서 볼까 무서운 몰골이로구 먼! 토 나올 지경이네. 여기쯤 그의 입술이 있었겠지. 여기다 내가 셀 수도 없이 뽀뽀해댔는데.

자네 입담은 다 어디로 갔나? 춤은? 노래는? 좌중을 떠들썩하

게 웃기던 자네 사기는? 자네 웃고 있는 해골을 조롱할 수도 없겠
구먼, 안 그런가? 이제 아가씨 화장대로 가서 일러주게. 얼굴에 아
무리 두껍게 분을 처발라도 결국 자네 꼴이 된다고. 그걸로 한번
웃겨보게나. 호레이쇼, 뭐라고 한마디라도 해보게.

호레이쇼 뭘 말씀입니까?

햄릿 알렉산드로스 대왕도 저 아래선 저런 모습이었을까?

호레이쇼 그렇겠죠.

햄릿 이렇게 냄새도 나고? 욱! (해골을 놓는다)

호레이쇼 다 똑같답니다.

햄릿 호레이쇼, 우리가 결국 얼마나 비천한 도구로 쓰이는지 보
게. 자네는 알렉산드로스 대왕이 한 줌의 고귀한 흙이 되어 돌고
돌아 결국 술독 마개나 될 거라고 상상이나 할 수 있었겠나?

호레이쇼 그렇게까지 생각하는 건 너무 나갔네요.

햄릿 아니지, 지나친 생각이 아니야. 합리적인 추론을 따른 거네.
봐, 알렉산드로스가 죽는다, 알렉산드로스가 묻힌다. 알렉산드로
스가 재가 된다. 재가 흙이 된다. 흙으로 점토를 만들지. 돌고 돌아
알렉산드로스가 변한 점토를 빚어 맥주병을 막는 마개로 쓰기도
하지 않겠어?

로마 황제 카이사르도 죽어 진흙이 되어, 외풍이 들어오는 구멍
들을 막았네. 아, 한때 전 세계를 호령하던 그 흙덩이가 겨울철 외
풍이나 막는 땜빵용으로 쓰인다니. 잠깐, 조용, 잠시 조용히 하게.

왕과 왕비, 레어티스, 사제, 왕의 신하들이 관을 들고 입장한다.

왕과 왕비, 궁신들이 오고 있네. 뭘 따라가고 있는 거지? 무슨 어정쩡한 행렬인가? 돌아가는 판세를 보니 필시 스스로 목숨을 끊은 시신을 따라가는 건데. 그래도 유지였나 보군. 잠시 몸을 숨기고 지켜보지.

햄릿과 호레이쇼가 옆으로 이동한다.

레어티스 다른 의식은 없소?

햄릿 레어티스야, 훌륭한 젊은이지. 들어보자.

레어티스 더 치를 의식은 없소?

사제 우리가 할 수 있는 모든 의례는 수행했소. 동생분 사인은 의심스러운 부분이 많아요. 관례법을 뒤집는 왕명이 없었더라면 동생분은 최후의 심판일까지 축성받지 못한 땅에 묻혀 있어야 했을 거요. 장례 기도를 해주기는커녕 사금파리, 부싯돌, 자갈돌로 시신을 덮고 말았을 테지. 하지만 고인은 처녀에게 어울리는 화환도 허락되었고, 무덤에 꽃 뿌리고 조종을 울리며 매장하는 것도 허용되었소.

레어티스 그래서 더는 해줄 게 없다고요?

사제 더는 없어요. 평화롭게 죽은 사람들에게나 불러주는 진혼곡을 여기서 부르며 안식을 빌어준다면 그건 장례 의식에 대한 모독이요.

레어티스 그럼 그녀를 땅에 묻으시오. 그러면 순수하고 아름다운 몸에서 바이올렛이 피어날 거요! 내 장담하는데 냉정한 사제여, 댁이 지옥에서 울부짖을 때 내 누이는 구원의 천사가 될 거요.

햄릿 뭐? 아름다운 오필리아가?

왕비 사랑스러운 소녀에게 사랑스러운 꽃을, 잘 가거라. (꽃을 뿌린다) 난 네가 햄릿의 아내가 되었으면 바랐는데. 신부 침대에 꽃을 뿌릴 줄 알았지, 네 무덤에 뿌릴 줄은 몰랐다, 사랑스러운 애야.

레어티스 사악한 행동으로 네 맑은 정신을 앗아 간 그 저주받은 머리통에 세 배, 아니 삼십 배 슬픔이 떨어질 것이다. 아직 흙을 덮지 말게. 내 동생을 한 번 더 안을 테야.

　　　　레어티스가 무덤 안으로 뛰어든다.

이제 산 자와 죽은 자 가리지 말고 흙을 덮어라. 평평한 땅이 고대 펠리온산보다, 하늘과 맞닿은 푸른 올림포스산보다 더 높이 치솟아 오를 때까지 흙을 덮어 무덤을 쌓으시오.

햄릿 (앞으로 나서며) 자신의 비통함을 그토록 강조하며 요란을 떠는 자가 대체 누구냐? 구구절절 슬픈 단어들을 내뱉어 하늘을 떠돌던 별들마저 놀라 멈춰 서버리게 한 자가 누구냐? 나는 덴마크 사람 햄릿이다.

레어티스 (무덤 밖으로 나오며) 지옥에나 떨어져라!

　　　　햄릿과 레어티스가 몸싸움한다.

햄릿 그게 추도냐? (둘이 싸운다) 당장 내 목에서 네 손가락을 떼지 못해. 평소에 화내고 욱하는 성격은 아니라고 해서 막 해도 되는 건 아니지. 내 안에도 무서운 구석이 숨어 있으니 처신 잘하는 게 좋을 거다. 손 치워라.

왕 둘을 떼어내라.

왕비 햄릿! 햄릿!

모두 두 분 좀!

호레이쇼 (햄릿에게) 왕자님, 진정하세요.

신하들이 햄릿과 레어티스를 떼놓는다.

햄릿 이 문제라면 내 눈꺼풀이 감기기 전까지 난 그와 싸울 것이다.

왕비 아들아, 무슨 문제 말이냐?

햄릿 난 오필리아를 사랑했어요. 오빠들 사만 명의 사랑을 모두 합한들 내 사랑을 따라올 순 없을 겁니다.

그러는 넌 동생에게 뭘 해줄 건데?

왕 오, 레어티스, 그는 미쳤어.

왕비 제발, 그를 놔둬.

햄릿 하나님 앞에서 어디 뭘 할 셈인지 보여줘봐. 울 거야? 싸울 거야? 단식할 거야? 자해라도 하게? 식초를 마시게? 아님 악어를 먹을 텐가? 난 뭐든 하겠네. 여기 징징거리려고 왔나? 무덤에 뛰어들면 내가 못 따라올까 봐? 동생과 산 채로 묻히기라도 하려고? 그럼 나도 그럴 거야. 네가 산을 들먹인다면 좋아. 수백만 에이커의 흙을 우리 위로 쏟아부으라고 해. 그러면 그 봉우리가 태양에 닿아 그을리고 오사산마저 사마귀처럼 작아 보이겠지! 하, 너만 소리치냐! 나도 맞받아주마!

왕비 이건 정말로 미친 거로구나. 얼마간은 광분이 그를 지배하겠지. 그러고 나면 황금알 한 쌍이 부화될 때를 묵묵히 기다리는 암비둘기처럼 차분해질 거야.

햄릿 말 좀 하자. 대체 내게 이렇게 심하게 구는 이유가 뭔가? 나는 늘 자네를 좋아했다고. 하지만 뭔 상관이겠어. 헤라클레스가 짊어져야 할 일이 뭐인들 고양이는 야옹거리고, 개는 할 짓을 할 텐데.

햄릿이 퇴장한다.

왕 호레이쇼, 부탁한다. 그를 잘 보필하거라.

호레이쇼가 퇴장한다.

왕 (레어티스에게) 우리가 간밤에 나눈 대화를 생각해서 좀 자제하거라. 그 일을 속히 진행해야겠다.

거트루드, 사람을 붙여 당신 아들 좀 잘 살펴보라고 하시오. 이 무덤에 영원히 기억될 묘비를 세워야겠소. 곧 조용해질 날이 오겠지. 그때까지는 인내심을 갖고 우리 일을 할 것이오.

모두 퇴장한다.

· 제2장 ·

햄릿과 호레이쇼가 등장한다.

햄릿 이 일은 그만 얘기하지. 이제 다른 이야기를 해보겠네. 그때 그 상황 기억하나?

호레이쇼 기억하다마다요.

햄릿 마음이 어찌나 심란하던지 잠도 오지 않더군. 쇠고랑을 찬 폭도들보다도 내 몰골이 더 처참한 것 같았어. 조급하긴 했는데 그 일에 조급하길 천만다행이었지. 정밀하게 계획을 짰더래도 잘 안 풀리던 일이 가끔은 조급한 행동으로 해결되는 때도 있다는 것을 알아두게. 그런 걸 보면 우리가 대충 하더라도 말끔히 마무리해주시는 신이 있다는 걸 알 수 있네.

호레이쇼 그건 정말 그래요.

햄릿 선실에서 벌떡 일어나 선원 옷을 대충 두르고 어두운데 더 듬거리며 바라는 게 있어 그들을 찾았어. 그렇게 손으로 더듬어 서류뭉치를 훔쳐서 다시 내 방으로 조용히 기어들어 갔어. 그러고는—너무 두려운 나머지 예의고 뭐고 따지지 않고—대담하게 영국 왕에게 보낸 친서를 열어 보았지. 호레이쇼, 거기서 내가 뭘 본 줄 아나? 아, 왕의 교활한 간계! 덴마크의 복지와 영국의 안전 등으로 둘러대더니, 와 어떻게 그런 말을, 나한테 마가 끼어서 살아 있는 한 온갖 궂은일이 일어나게 될 거라며 아주 콕 찍어 명령을 지시했더군. 날 보자마자 숨 쉴 틈 없이, 도끼날을 갈 시간도 주지 말고 바로 내 목을 치라는 지시였네.

호레이쇼 말도 안 돼!

햄릿 이게 그 친서네. 시간 날 때 읽어보게.

서류를 건넨다.

그러고 나서 내가 어떻게 했는지 들어볼 텐가?

호레이쇼 네, 어서요.

햄릿 악한의 그물망에 걸려들었으니 빠져나갈 방책을 찬찬히 모색해봐야 했는데 그러기도 전에 머리가 알아서 제 할 일을 하기 시작했지. 나는 진정하고 앉아 친서를 새로 위조하여 정자체로 써 내려갔네. 한때는 정치인들이 그렇듯 관리다운 정자체로 글을 쓰는 게 천한 일이라고 생각해서 나도 배웠던 것을 애써 잊어보려고 했네. 하지만 이번엔 정말 그 덕을 톡톡히 봤지. 내가 뭐라고 썼는지 알고 싶나?

호레이쇼 네, 왕자님.

햄릿 왕의 진지한 요청을 담은 친서로, 영국은 덴마크의 충실한 속국으로서 양국 간 우호관계가 야자나무처럼 번성하기를 바라고, 평화의 여신이 밀 화환을 쓰고 양국관계를 더욱 공고히 지킬 것이며, 그 밖에도 양국의 친밀을 위해 지켜야 할 중요한 책임들을 줄줄이 언급한 다음, 이 내용을 읽고 왕의 진의를 확인하자마자 더 논하고 자실 것도 없이 이 친서를 소지한 자들을 즉시 처형해 달라고 했지. 사죄를 바라며 고해할 틈도 줘서는 안 된다고 했네.

호레이쇼 봉인은 어떻게 했는데요?

햄릿 심지어 그것도 하늘이 도왔지, 뭔가. 난 덴마크 왕실 옥새의 원형인 아버지 도장을 주머니에 넣고 다녔다네. 난 같은 방식으로 위조 친서를 접고 거기에 서명하고 봉인한 다음 아무도 변화를 눈치채지 못하게 조용히 가져다 놨네. 다음 날 해적과 교전하고 그 이후 일은 자네도 다 아는 내용이네.

호레이쇼 그럼 길던스턴과 로젠크란스는 골로 가는 거네요.

햄릿 이봐, 그들이 왕의 임무라고 기꺼이 맡고 싶어 했으니 그들 일로 내 양심에 거리끼진 않네. 그들의 패망은 다 자초한 결과야. 강적끼리 맹렬히 칼부림하는데 조무래기들이 그 사이로 지나가면 위험한 법이지.

호레이쇼 어떻게 왕이 그런 짓을!

햄릿 그러니 이제는 내가 나서야 하지 않겠어? 그는 내 아버지 선왕을 시해했고 내 어머니를 욕보였고, 불쑥 튀어나와 내가 왕으로 선출될 기회도, 아버지 뒤를 이을 희망도 짓밟았어. 그러고는—그런 끔찍한 술수로—내 목숨마저 위태롭게 했지. 그러니 내 손으로 그를 끝장내는 게 오히려 양심적이지 않겠어? 이런 암적인 존재를 살려두어 더 큰 해악을 끼치도록 놔둔다면 그게 오히려 벌 받을 일 아닐까?

호레이쇼 영국에서 어떻게 처리했는지 그 결과가 왕의 귀에 들어가는 건 시간문제입니다.

햄릿 곧 알게 되겠지. 그때까지 시간을 번 셈이지. 고작 〈하나〉까지밖에 못 셀 정도로 사람 목숨이 짧긴 하지만. 그러나 호레이쇼, 레어티스 앞에서 내가 자제심을 잃은 부분은 그에게 몹시 미안하게 생각하네. 따져보면 복수하려는 나의 명분이나 그의 명분이나 마찬가지일 텐데 말이야. 그의 마음을 달래봐야겠어. 그가 하도 세상 떠나가게 곡소리를 내니 나도 모르게 화가 치밀더라고.

호레이쇼 잠시만요. 누가 여기로 오나 봅니다.

궁신 오스릭이 등장한다.

오스릭 왕자님, 덴마크 귀국을 진심으로 환영하는 바입니다.

햄릿 몸 둘 바를 모르겠네. (호레이쇼에게 방백) 자네 이 똥파리를 아는가?

호레이쇼 (햄릿에게 방백) 모르겠네요.

햄릿 (호레이쇼에게 방백) 그를 안다는 것만으로도 욕먹을 수 있으니 모르는 편이 나아. 그는 땅 부자야. 죄다 비옥한 땅이지. 그 땅에 소까지 소유하니 소 같은 놈이래도 본인 여물통을 왕의 밥상에 떡하니 올려놓을 걸세. 그는 말 같잖은 소리나 내뱉는 까마귀 같은 놈이지만 내 말했듯이 땅 부자, 흙 부자네.

오스릭 자상하신 왕자님, 왕자님이 한가하시다면 폐하께서 왕자님께 전달하라고 하신 전갈을 전해드릴까 합니다.

햄릿 내 비록 정신이 매우 분주하나 그 전갈을 받겠소. 모자를 올바른 용도로 사용하시는 게 어떻소? 모자는 머리에 쓰라고 있는 물건이네만.

오스릭 조언 감사합니다. 너무 더워서요.

햄릿 아니오, 내 말을 믿으시오. 북풍이 불고 있어 매우 춥소.

오스릭 정말 냉담한 추위네요, 왕자님.

햄릿 하지만 내 얼굴에 부는 바람이 습하고 더운 것 같네만.

오스릭 과도하게 후덥지근합니다, 이를테면…… 어떻게 말로 표현할 수 없네요. 왕자님, 폐하께서 왕자님 머리에 판돈을 많이 걸었다는 이야기를 전해달라 하셨습니다. 상황이 어떻게 된 것이냐면요.

햄릿 (오스릭에게 모자를 쓰라는 동작을 취해 보이며) 부탁이니 잊지 말고.

오스릭 아니요, 왕자님, 저는 이게 더 편합니다. 솔직히요. 여기에는 최근 궁에 도착한 레어티스라는 신사가 있습니다. 레어티스 경으로 말할 것 같으면 정말이지 신사 중 신사로서, 뛰어난 차별점으로 가득한 데다 부드러운 사교성과 훌륭한 외모를 갖췄습니다. 사실 제 느낌을 말로 표현해보자면 그분은 신사도의 나침반지침면이요 해도입니다. 그분은 신사의 귀감이 될 만한 모든 자질을 갖춘 대륙이니까요.

햄릿 신사도의 나침반지침면이라니 자질별로 그를 나누고 나열하다 보면 기억하느라 어질어질할 것 같고, 해도를 보며 배를 잽싸게 돌리다 보면 기우뚱거릴 법도 한데, 레어티스 경을 빠짐없이 정의하느라 진땀 빼셨소. 하지만 나도 그가 훌륭한 성품을 갖췄고 독특한 식견을 갖췄다고 진심으로 높이 평가하는 바요. 참된 언어로 그를 표현하자면 누가 그를 따라갈 수 있겠소. 그와 견줄 만한 인물이야 거울 속에 있는 자신일 테고 그를 따라갈 수 있는 인물도 그의 그림자뿐이겠죠.

오스릭 왕자님이 그분을 한 치의 오류도 없이 평가하셨습니다.

햄릿 요지가 뭡니까? 우리가 숨넘어가도록 그를 포장하는 이유가 대체 뭔가요?

오스릭 네?

호레이쇼 경이 이런 식으로 말한다오. 남의 입을 통해 들으니 어째 못 알아듣겠소? 경이라면 알아들을 테지요.

햄릿 (오스릭에게) 이 신사를 거명한 이유가 있을 것 아니오?

오스릭 레어티스 경이요?

호레이쇼 (햄릿에게 방백) 그의 단어 지갑이 벌써 비었나 봅니다. 황금 단어들을 다 써버렸군요.

햄릿 그래요, 레어티스.

오스릭 왕자님이 모르지 않으신다는 것을 아는데.

햄릿 그대가 좀 알았으면 하오. 그렇지만 사실 그대가 알았다 해도 나를 인정할 것도 아니고, 그래서요?

오스릭 레어티스 경이 얼마나 훌륭한지도 모르시지 않죠.

햄릿 누가 더 뛰어난지 그와 나를 비교할까 봐 감히 그렇다고 고백하기 어렵겠소. 한 사람을 잘 안다고 하려면 우선 자신부터 알아야 하지 않겠소.

오스릭 제 말은, 그의 무기에 관한 것입니다. 사람들이 그에 대해 내린 오명에 따르면 그에 견줄 친구가 없다 합니다.

햄릿 그의 무기가 무엇이오?

오스릭 세장검과 단검입니다.

햄릿 그 두 가지로구먼. 그런데요?

오스릭 폐하께서는 레어티스 경과 내기를 하시면서 바르바리산 명마 여섯 필을 전당 잡히셨고, 제가 이해하기로는 레어티스 경은 여섯 자루의 프랑스제 세장검과 단검을 비롯해 혁대와 걸개 같은 거기에 딸린 부속품들을 거셨습니다. 운송기 중 세 개는 솔직히 매우 멋들어져 보이고, 칼자루와도 잘 호응하고, 가장 섬세한 운송기인 데다 진보적 상상이 돋보입니다.

햄릿 뭘 가리켜 〈운송기〉라고 하는 것이오?

호레이쇼 (햄릿에게 방백) 내 이미 알고 있었습니다. 그와 대화를 마치기 전에 반드시 주석의 도움이 필요하게 될 거라는 것을요.

오스릭 칼을 걸어 차고 다니는 걸개 말씀입니다.

햄릿 〈운송기〉라는 단어는 우리가 옆구리에 대포를 차고 다닐 때나 더 적절할 법하군요. 대포를 차고 운송하기 전까지는 그냥 걸개라고 부르는 게 좋겠소. 아무튼 계속해보시오. 바르바리산 말 여섯 필 대 프랑스제 검 여섯 자루와 부속품, 진보적 상상이 돋보이는 걸개 셋이라. 이거야 프랑스 대 덴마크 국가대항전이로구먼. 그런데 어쩌다 자네 말처럼 〈전당〉 잡히신 거요?

오스릭 폐하께서는 왕자님과 레어티스 경이 12점을 먼저 패스하는 시합을 할 때 레어티스 경이 왕자님을 3점 이상은 앞서지 않을 거로 보셨습니다. 그래서 왕자님이 9점 따시면 12점으로 쳐서 왕자님이 이긴다는 데 내기를 거셨습니다. 왕자님만 답을 제공해주신다면 즉각적인 시합이 이루어질 겁니다.

햄릿 내가 반대한다고 답하면 어쩔 텐가?

오스릭 아, 왕자님이 시합에서 반대편 선수로 나서겠다는 답을 말씀드리는 것이었습니다.

햄릿 흠, 난 이 복도를 거닐고 있을 거요. 폐하께 지금 수련 시간이라고 말씀드리시오. 신사분도 응전할 생각이 있고 폐하도 여전히 같은 생각이시면 검을 가져오라고 전하시오. 할 수 있다면 폐하를 위해 이겨드리지요. 못 이긴대도 조금 창피하고 기껏해야 몇 방 더 찔리면 그만이지.

오스릭 말씀하신 그대로 되풀이할까요?

햄릿 내키는 대로 미사여구를 붙여도 상관없지만, 이런 취지로 전해주시오.

오스릭 왕자님께 제 충정을 추천합니다.

햄릿 잘해보시오.

오스릭이 퇴장한다.

햄릿 자화자찬에 능한 자로구먼. 하긴 남들 입에서 추천받긴 글렀으니 스스로라도 해야지.

호레이쇼 갓 난 댕기물떼새가 머리에 알껍데기도 안 떼고 내빼는군요.

햄릿 저자는 젖 빨기도 전에 젖꼭지에 대한 찬사부터 늘어놨을 거야. 이런 경박한 시대가 반기는 그와 비슷한 무리는 이 시대에 유행하는 현학적인 표현을 굳이 골라 쓰고, 이 사람 저 사람 만나가며 알맹이 없는 대화를 하고, 효모로 부풀린 듯한 빵빵한 어휘들을 늘어놓으며 가장 세련되고 정확한 견해들을 어떻게든 피력하려 애쓴다네. 하지만 누가 시험 삼아 한 번 훅 불기라도 하면 거품이 꺼지며 밑천이 드러나는 거지.

대신이 등장한다.

대신 젊은 궁신 오스릭이 폐하께 아뢰기를 왕자님이 여기 복도에 계실 거라고 하시더군요. 폐하께서는 왕자님이 레어티스 경과 지금 시합하고 싶은지 아니면 시간이 더 필요한지 여쭤보라며 저

168

를 보내셨습니다.

햄릿 시합에 응하겠다고 동의했소. 폐하 좋으신 대로 맞추겠소. 폐하가 지금이 좋으시다면 나도 준비된 거고, 지금처럼만 몸을 움직이면 언제든 다 괜찮소.

대신 폐하와 왕비 마마, 모든 대신이 여기로 내려오고 계십니다.

햄릿 때맞춰 오셨군.

대신 왕비 마마께서는 시합을 시작하기 전에 왕자님이 레어티스 경에게 정중한 말을 건네기를 바라십니다.

대신이 퇴장한다.

햄릿 어머니 의중을 따라야지.

호레이쇼 왕자님이 이 내기에서 질 것 같습니다.

햄릿 그리 생각하지 않네. 레어티스가 프랑스로 떠난 후 나도 꾸준히 연습했어. 내게 유리한 조건인 만큼 이길 걸세. 하지만 그렇더라도 여기 모든 상황이 얼마나 나를 옥죄어 오는지 자네는 상상도 못 할 거야. 하지만 뭐 어쩌겠어.

호레이쇼 아니에요. 왕자님.

햄릿 아무것도 모르니까 그냥 불안한 거라네. 여자들 마음을 헤집는 그런 많고 많은 걱정일 뿐이라고.

호레이쇼 조금이라도 꺼림칙한 기분이 든다면 감을 따르세요. 제가 가서 왕자님 몸이 안 좋다고 여기로 오시지 말라고 전하겠습니다.

햄릿 그러지 말게. 난 전조를 믿지 않아. 참새 한 마리 떨어지는 것에도 특별한 신의 섭리가 있는 법. 죽음이 지금 닥치면, 나중에 오지 않을 테고, 나중에 오지 않을 거라면 지금 닥칠걸세. 지금 당장은 아니더라도 올 것은 다 때 되면 오게 마련이네. 마음의 준비는 하고 있어야지. 떠나고 나면 뭐가 남을지 아무도 모르는데 일찍 떠난들 대수겠어. 받아들여야지.

　　　　탁자가 준비된다. 나팔수, 고수, 방석을 든 대신들이 등장한다.
　　　　　　왕과 왕비, 레어티스, 오스릭이 등장하고,
　　　　　　장검, 단검, 술병을 들고 신하들이 뒤따른다.

왕 자, 햄릿, 와서 내가 건네는 이 손을 잡거라.

　　　　　　왕이 레어티스의 손을 햄릿 손에 포갠다.

햄릿 (레어티스에게) 날 용서하게. 내가 잘못했어. 자네는 신사이니 용서해주게. 여기 있는 사람들도 알고 자네도 분명 전해 들었을 테지만 나는 심각한 정신 착란이란 벌을 받고 있네. 내가 했던 일이 자네의 사적인 감정, 명예심, 반발심을 거칠게 깨웠을지도 모르지. 하지만 여기서 공언하는데 그건 다 광기 때문이었네. 햄릿이 레어티스에게 잘못해? 햄릿이 한 게 결코 아니야. 햄릿이 자기 자신과 분리되어 제정신이 아닐 때 레어티스에게 잘못했다면 그건 햄릿이 그리한 게 아니야. 햄릿은 그것을 부인하네. 그럼 누가 했냐고? 햄릿의 광기가 한 거지. 사정이 그렇다면 햄릿 역시 당하는 처지라네. 불쌍한 햄릿의 적은 바로 그의 광기라고. 여기 좌중

앞에서 의도적인 악의가 없었다는 것을 밝히니, 그대의 관대한 아량으로 나를 용서해주게. 내 집 위로 쏜 화살에 어쩌다 형제가 맞은 거라네.

레어티스 내 사적인 감정을 깨워 복수심을 끌어올렸다는 점에서는 내심 만족하오. 하지만 명예를 중히 여기는 사람으로서 그대와 거리를 두고 당장 사과를 받아들이지는 않을 것이오. 명예롭고 연륜 있는 스승들이 화해한다고 내 명예가 실추되는 것은 아니라고 한목소리를 내며 선례를 보여주기 전까지는 당분간 이대로 있을 거요. 하지만 그때까지는 왕자님이 제안한 우정은 우정으로 받아들이고 곡해하지는 않겠소.

햄릿 기꺼이 받아들이고 형제끼리 친선 경기에 담담히 임하겠네. 자, 칼을 주시오.

레어티스 자, 내게도 하나 주시오.

햄릿 레어티스, 내 자네 칼을 돋보이게 할 거요. 내 실력이 부족한 탓에 자네의 실력이 어두운 밤하늘의 별처럼 찬란히 빛날 것이오.

레어티스 나를 놀리는군요.

햄릿 이 손에 맹세코 아니오.

왕 오스릭, 저들에게 칼을 가져다주게. 조카 햄릿, 내기 걸린 걸 알고 있느냐?

햄릿 잘 알고 있습니다, 폐하. 약한 편에 유리한 조건으로 내기를 하셨더군요.

왕 별 걱정하지 않는다. 너희 둘의 실력을 그동안 봐왔다. 하지만 레어티스 실력이 더 낫기에 그래서 승률을 맞춰보았을 뿐이다.

레어티스 (칼을 점검하며) 이 칼은 너무나 무겁군. 다른 것을 보여주시오.

햄릿 (칼을 점검하며) 내게 잘 맞는 것 같군. 길이는 모두 같소?

오스릭 네, 왕자님.

햄릿과 레어티스가 시합을 준비한다.

왕 식탁 위에 포도주잔을 놓아라. 햄릿이 첫 1, 2점을 득점하거나 3회차에 동점일 경우, 성벽의 모든 대포를 쏘도록 하여라! 햄릿의 원기 보충을 위해 건배를 제의하고, 사대에 걸친 덴마크 왕들이 쓰던 왕관에 박힌 것보다 더 값비싼 진주를 그의 잔에 떨어뜨릴 것이다. 잔을 가져오거라. 북소리가 나면 나팔을 불고, 나팔 소리가 나면 밖에 있는 대포를 터뜨리고, 대포 소리는 하늘에 울려 퍼지며, 하늘에 울려 퍼진 소리는 땅으로 메아리칠 것이다. 〈이제 햄릿 왕자를 위해 잔을 드노라〉고. 자, 시작하라.

그리고 너희 심판관들은 한눈팔지 말고 잘 지켜보거라.

트럼펫이 연주된다.

햄릿 덤비시지.

레어티스 덤비시오.

햄릿과 레어티스가 겨룬다.

햄릿 1점.

레어티스 아니오.

햄릿 심판?

오스릭 1점, 매우 깔끔한 득점입니다.

레어티스 좋소. 다시 하지.

왕 잠깐, 내게 술을 다오. 햄릿, 이 진주는 네 것이다. 기를 보충하라는 의미로 여기 넣는다.

왕이 진주를 잔에 떨어뜨린다.

북소리, 나팔 소리, 예포 쏘는 소리

그에게 잔을 가져다주거라.

햄릿 이번 판을 먼저 끝내겠습니다. 거기 잠시 두어라. 자, 간다.

햄릿과 레어티스가 겨룬다.

내가 또 1점 먹었군. 이번엔 뭐라고 할 텐가.

레어티스 살짝, 살짝 스쳤네요. 인정하죠.

왕 내 아들이 이기겠다.

왕비 땀 흘리고 숨 가빠 하는구나. 햄릿, 이 손수건으로 이마에 땀 좀 닦아라. 왕비가 축배로 네 행운을 빌겠다. (진주가 든 잔을 집어 든다)

햄릿 네, 어머니.

왕 거트루드, 마시지 마시오.

왕비 폐하, 죄송해요. 마셔야겠어요. (마신다)

왕 (방백) 독배인데. 너무 늦었어.

햄릿 어머니, 지금은 마실 수 없어요. 곧 갈게요.

왕비 자, 얼굴을 닦아주마.

레어티스 (왕에게 방백) 이제 그를 찌르겠습니다.

왕 과연 할 수 있을지.

레어티스 (방백) 하지만 양심에 찔리는구나.

햄릿 자, 3회네, 레어티스. 열심히 안 하는 것 같은데. 자, 실력을 한껏 뽐내보시오. 이러다 내가 기고만장해질까 봐 걱정이오.

레어티스 그렇게 말씀하시겠다? 덤비시오.

햄릿과 레어티스가 겨룬다.

오스릭 양쪽 모두 무득점입니다.

레어티스 자, 받아라!

레어티스가 햄릿에게 상처를 입힌다. 서로 뒤엉키는 와중에
상대편 칼을 바꿔 쥔다. 햄릿이 레어티스에게 상처를 입힌다.

왕 둘을 떼어내라! 흥분했다.

햄릿 아니오, 자, 다시 시작하지.

왕비가 쓰러진다.

오스릭 왕비 마마를 보필하라!

호레이쇼 양측 모두 피를 흘리는군. 왕자님, 괜찮으신가요?

오스릭 레어티스 경, 괜찮습니까?

레어티스 아, 내가 놓은 덫에 걸린 한 마리 도요새 같구나! 오스릭, 내 꾀에 난 죽네. (쓰러진다)

햄릿 왕비 마마는 좀 어떻습니까?

왕 피 흘리는 것을 보고 기절했을 뿐이네.

왕비 아니, 아니야! 술, 저 술 때문이다, 사랑하는 아들 햄릿! 저 술, 저 술에 든 독 때문에 난! (죽는다)

햄릿 오, 악랄하다! 어서 문을 잠가라!

오스릭이 퇴장한다.

반역이다! 반역자를 색출하라!

레어티스 반역자 여기 있소, 햄릿. 그대도 죽어갑니다. 세상 어떤 명약도 소용없을 겁니다. 그대 목숨은 이제 삼십 분도 채 안 남았네요. 날카롭게 갈아 독을 발라놓은 사악한 무기가 바로 왕자님 손에 들렸다오. 이 간계로 나도 당했소. 여기서 쓰러지면 다시 일어나지 못하겠지요. 왕비 마마도 독살되었소. 더는 말할 힘도 없구나. 왕, 저 왕이 범인이다.

햄릿 칼에 독을 발랐다고! 그렇다면 독이 제 기능을 다해야지!

햄릿이 왕을 찌른다.

모두 반역이다, 반역이다!

왕 충신들은 나를 보호하라. 그저 다쳤을 뿐이다.

햄릿 그대는 근친상간에 살인을 저지른 저주받은 덴마크 왕이다! 이 독배를 마셔라. 여기 있는 게 네 진주렷다! 어머니를 따라가거라.

　　　햄릿이 왕에게 강제로 독주를 마시게 한다. 왕이 죽는다.

레어티스 죽더라도 할 말이 없겠지. 본인이 탄 독약이니. 햄릿 왕자, 우리 서로 용서합시다. 나와 내 부친의 죽음을 그대 탓으로 돌리지 않을 테니, 그대 죽음도 내 탓으로 돌리지 말아요. (죽는다)

햄릿 하늘이 그대를 죄책감에서 벗어나게 하기를. 나도 그대를 따를 것이오.

호레이쇼, 나는 죽네.

불쌍한 어머니, 안녕히!

이 장면을 보고 창백해져서 떨고 있는 여기 계신 분들, 시간만 있다면, 자초지종을 말씀드리고 싶지만, 냉정한 저승사자가 나를 데려가려 벼르고 있으니 관두겠소.

호레이쇼, 난 죽어가. 자넨 살아남아 미심쩍어하는 사람들에게 내 사연과 내 명분을 곧이곧대로 전해주게.

호레이쇼 그럴 수는 없겠어요. 전 덴마크인이라기보다는 대의를 택했던 고대 로마인에 가까우니까요. 여기 아직 술이 좀 남아 있군요. (독배를 든다)

햄릿 제발 잔을 내게 주게. 그냥 놓게! 제발 내게 주라니까.

호레이쇼에게서 잔을 빼앗는다.

아, 호레이쇼, 아무도 진실을 모른 채 내가 가고 나면 나에 대한 흉흉한 소문이 얼마나 떠돌겠는가. 자네 마음속에 내가 조금이라도 자리 잡고 있었다면 죽음의 달콤한 휴식을 잠시 미뤄두고 이 험난한 세계에 좀 더 머물며 고통스러운 가슴을 부여잡고 내 사연을 좀 전해주게.

군이 무대 밖에서 행진한다.

전쟁이라도 난 건가?

오스릭이 등장한다.

오스릭 포틴브라스 왕자가 폴란드를 정복하고 돌아오는 길에 영국 대사에게 축포를 터뜨리는 소리입니다.

햄릿 아, 나는 죽네, 호레이쇼. 이 강력한 독이 내 정신을 지배하는군. 영국에서 온 소식은 못 듣고 죽겠네만, 포틴브라스가 덴마크 왕으로 선출될 것을 예언하네. 내 죽기 전에 그를 선택했다고 일러주게. 여기서 일어났던 일들도 전해주게. 남은 건 침묵뿐이구나. 아, 아. (죽는다)

호레이쇼 고귀한 마음이 산산이 조각났구나.

편히 쉬어요, 왕자님. 천사들이 노랫소리를 들으며 안식을 누리기를.

왜 북소리가 가까이 들리는 거지?

고수와 수행원들과 함께 포틴브라스와 영국 대사가 등장한다.

포틴브라스 내가 대체 지금 뭘 보고 있는 거요?

호레이쇼 보려는 게 무엇인가요? 그게 비극이나 경악이라면 다른 데서 찾을 필요도 없습니다.

포틴브라스 이 시체들은 대학살을 전해주는군. 오, 오만한 죽음의 신이여, 불멸의 지하 감옥에서 무슨 연회를 준비하길래 이렇게 많은 왕족을 피비린내 나도록 한 방에 쓰러뜨렸느냐?

대사 끔찍한 장면이요. 영국에서 소식이 너무 늦게 도착했군요. 영국이 덴마크 왕명을 받들어 로젠크란츠와 길던스턴을 처형했다는 전갈을 전하러 왔습니다. 하지만 이 소식을 들어야 할 분의 귀가 감각을 잃고 말았으니 고맙다는 인사는 어디서 받아야 할지?

호레이쇼 (왕을 가리키며) 아직 목숨이 붙어 있대도 그의 입에서는 받지 못했을 겁니다. 그는 결코 그들의 처형 명령을 내리지 않았소. 이 유혈이 낭자한 현장에 왕자님은 폴란드 전쟁에서 경들은 영국에서 이제 막 때맞춰 도착하셨으니 이 시신들을 볼 수 있도록 높은 단 위로 안치하라는 명령을 내리시고, 어떻게 이런 일이 벌어졌는지 알지 못한 세상 사람들에게 자초지종을 설명할 수 있게 해주십시오. 그러면 여러분은 음란하고, 피비린내 나며, 패륜적인 행위들, 돌발적인 판단과 살해, 교활한 간계와 강요된 명분으로 인한 죽음, 종국에는 이런 사악한 일들을 꾸민 장본인이 의도대로 흘러가지 않아 뒤통수를 맞게 된 이야기를 듣게 될 것입니다. 저는 이 모든 사건을 있는 그대로 전하겠습니다.

포틴브라스 서둘러 내막을 들려주시오. 또 중신들을 모두 소집해 경청하게 합시다. 나로서는 슬픔과 더불어 행운도 얻었군요. 난 이 왕국에 잊지 못할 권리가 있으며, 이 기회에 그 권리를 주장하는 바요.

호레이쇼 그 부분에 대해서도 말씀드릴 것입니다. 왕자님 목소리에 힘을 실어줄 그분의 입을 통해서 말입니다. 하지만 사람들이 몹시 동요하고 있는 가운데 음모나 실책에 더해 더 큰 분란이 생기지 않도록 이 문제를 지금 바로 정리해주시길 바랍니다.

포틴브라스 대장 네 명이 햄릿 왕자를 사령관답게 단 위로 안치시켜라. 그가 왕관을 쓸 기회가 주어졌더라면 가장 훌륭한 왕임을 증명해 보였을 것이다. 햄릿 왕자의 장례 행렬에 군악대의 연주와 군 의례로 위대함을 알리거라. 시신들을 들어 나르라. 이런 참상은 전쟁터에서나 볼 법하지, 이 장소와는 어울리지 않는구나. 가서 병사들에게 조포를 쏘라고 일러라.

대포 소리가 울리는 가운데 시신을 운반하고, 행군하며 모두 퇴장한다.

작가 연보

1564년 잉글랜드 중부 스트랫퍼드어폰에이번에서, 아버지 존 셰익스피어 와 어머니 메리 아든 사이에서 장남으로 태어나다. 4월 26일에 유 아세례를 받다.

1582년 8세 연상의 앤 하사웨이와 결혼하다.

1583년 맏딸 수자나를 보다.

1585년 쌍둥이 남매, 아들 햄닛과 딸 쥬디스를 보다.

1590년 3부작 〈헨리 6세〉를 집필하다.

1594년 궁내 대신 소속의 로드 챔벌린 극단의 주주가 되다. 시 〈비너스와 아도니스〉와 〈루크리스의 능욕〉을 출판하다. 희극 〈사랑의 헛수 고〉와 〈베로나의 두 신사〉를, 비극 〈로미오와 줄리엣〉을 집필하다.

1595년 〈리처드 2세〉, 〈한여름 밤의 꿈〉을 집필하다.

1596년 〈베니스의 상인〉, 〈존 왕〉을 집필하다.

1598년 〈헨리 5세〉, 희극 〈헛소동〉을 집필하다.

1599년 〈십이야〉, 〈줄리어스 시저〉를 집필하다.

1600년 〈햄릿〉, 〈윈저의 즐거운 아낙네〉를 집필하다.

1601년 아버지 존 셰익스피어가 사망하다.

1603년 〈햄릿〉의 첫 상연을 하다.

1605년 〈오셀로〉, 〈리어 왕〉, 〈맥베스〉를 집필하다.

1608년 어머니 메리 아든이 사망하다.

1610년 런던에서 고향 스트랫퍼드어폰에이번으로 돌아오다. 〈겨울 이야기〉를 집필하다.

1611년 〈폭풍우〉를 집필하다.

1616년 4월 23일, 스트랫퍼드어폰에이번에서 생을 마감하다.

햄릿

초판 1쇄 인쇄 2024년 7월 24일
초판 1쇄 발행 2024년 7월 31일

지은이 윌리엄 셰익스피어
옮긴이 홍수연
펴낸이 이효원
편집인 송승민
마케팅 추미경
디자인 문인순(표지), 이수정(본문)
펴낸곳 올리버
출판등록 제395-2022-000125호
주소 경기도 고양시 덕양구 삼송로 222, 101동 305호(삼송동, 현대헤리엇)
전화 070-8279-7311   **팩스** 02-6008-0834
전자우편 tcbook@naver.com

ISBN 979-11-93130-83-4 03840

올리버 세계교양전집 목록